絶望の底で夢を見る

石井光太

徳間書店

目次

第一章　愛の渇望

ステンドグラスの少女

高校時代から付き合いのあった友人の一人に、佳織という女性がいた。最後に会ったのは、十年ほど前。当時彼女は二十六歳だった。

佳織はスタイルがよく顔が小さかったため、遠くから見るとすらっとしたモデル体型なのだが、実際の身長は百五十センチにも足りない。そのせいか、傍にいるとどこか幼さと大人っぽさが入り混じった怪しい匂いが漂っていた。

成人してしばらくして、彼女は葬儀関連の仕事をするようになった。普段は黒いスーツに身を包んで働いていたが、その下には同僚には話していない秘密があった。鎖骨の下からくるぶしまで、タトゥーを入れていたのだ。白い肌を埋めつくすほど、大小様々な絵柄が色鮮やかに彫られていた。

なぜ私がそのことを知っているのか。

それは彼女がまだ肌にタトゥーを入れる前の十六歳からの付き合いだったからだ。

あの頃、私は東京の世田谷区にある高校の一生徒だった。日曜日に柔道部の大会があり、部員だった私は朝から団体戦に参加していたが、予想通り何回戦目かで敗れ去った。

大会終了後、私は柔道部の友人がつれてきた女の子とともに、明大前駅近くにあるカラオケ店へ行って遊んだ。そこにまじっていた背の低い茶髪の子が佳織だったのである。その場にいた女友達はみんな彼女のことをどこにでもある苗字で呼んでいたから、佳織という名前を聞いたのは後になってからのことだった。

私と佳織は会ったその日から気が合うことをお互い感じていた。カラオケ店にいた時は席が離れており、ほとんど口をきかなかったが、たまたま帰る方向が同じで電車で二人になった。彼女は友達と別れた途端に饒舌《じょうぜつ》になり、学校や友人のことについてしゃべりだした。

彼女の口調には独特の癖《くせ》があった。一つが私のことを「君」と呼ぶこと、もう一つが語尾に「って思っちゃう」とつけることだった。たとえば「学校の先生って私のこと嫌いかもって思っちゃう」という言い方をするのだ。彼女は電車の中で「って思っちゃう」を楽しそうに連発していたが、それでもまだ話し足りなかったらしく、私の最寄りの駅で一緒に降りると、ホームのベンチにすわってさらに二時間以上おしゃべりをつづけた。

　この日を境に、私と佳織は時折部活の帰りに会うようになった。彼女が駅の改札口で待っていたり、前日に電話がかかってきて下北沢の牛丼店の前で待ち合わせようと言われたりするのだ。私たちは一緒になると大概近くの公園まで歩いていき、蚊に刺されながら夜遅くまで語り合ったものだ。当時私には交際していた女性がいたし、佳織にもそういう関係の年上の男性がいたから、お互いに一線を引きながらも、幼馴染のように気楽に会って話をする仲だった。

　夜の公園で何度も語り合っているうちに気がついたのは、佳織が時折妙に大人の女性さながらの仕草を見せることだった。普段しゃべっている姿は中学生のように幼いのだが、黙って爪を噛《か》んだり、こちらの目をのぞき込んだり、あるいは唇を噛んでじっと見つめてきたりすることがある。それが息を飲むほど艶《なま》めかしく、高校生だった私は蛇に睨《にら》まれた蛙のように固まってしまった。

　佳織が自分の家庭のことを話すようになったのは、出会って三カ月ぐらい経った頃だろうか。前日に放送していたテレビ番組の話をしているうちに、何の前置きもなく突然こんなことを言い出したのだ。

「昨日寝ていたら、いきなりお父さんに起こされて殴られたんだ。理由なんて何にも言われなかったよ。グーで背中を殴られたの。しょっちゅうあることなんだけど、お父さん、なんでそんなことするようになっちゃったのかなって思っちゃう」

親が拳《こぶし》で娘を殴るという行為が信じられなかった。佳織も格別何か意見を求めていたわけではなかったのかもしれない。しばらく大人びた眼差しで私を見た後、また何事もなかったかのようにテレビ番組の話にもどった。

これを機に、佳織は公園のベンチなどで、度々家で受けた虐待についてつぶやくようになった。私なら黙って聞いてくれると思ったのだろう。野球のバットで背中を殴られたとか、髪をつかまれて家の前の道を引きずり回されたなどと話していたから、相当な暴力を受けていたにちがいない。

だが、彼女は私に解決策を求めてくるわけでもなかったし、同情してほしいという態度を示すわけでもなかった。唐突に家族について触れはじめたかと思うと、数分して何事もなかったかのように別の話題に移るのだ。私はどう答えていいかわからず、虐待の話になると口をつぐみ、終わるのをじっと待つことにしていた。

一度だけ私が彼女の言葉に引っかかって質問をしたことがある。その日、私は佳織に「散歩しよう」と言われ、下北沢駅から梅ヶ丘駅までの道のりをゆっくりと歩いていた。春の少しだけ暖かい風の吹く夜だった。環状七号線の手前まで来ると、彼女は遊歩道の真ん中で立ち止まってこう言った。

「昨日、お風呂に入っていたらお父さんが入ってきて熱湯をかけられたの。まだ背中がヒリヒリする」

熱湯をかけたことよりむしろ、娘が入浴中の風呂に父親が入ってきたことに耳を疑った。私にも中学生の妹がいたが、そんなことは考えられない。

「お父さんがお風呂に入ってくるだって？　そんなことがあり得るの？」と私は尋ねた。

佳織はあっさりと答えた。

「普通よ。何て言えばいいのかな……もっとひどいことだってあるよ。それが、うちじゃ当たり前なの」

「ひどいって？」

「ひどいことよ……あんなの、本当に父親かって思っちゃう……」

彼女はそれきり口をつぐんで歩きはじめた。いつもはっきりとした物言いをする彼女にはめずらしい反応だった。

環状七号線の横断歩道に出ると、信号待ちの人が数人立っている。私はずっと「ひどいこと」の意味が気になっていたが、心のどこかに、これ以上踏み込んではいけないという思いがあって黙っていた。

佳織の精神のゆがみを目に見える形ではっきりと認識したのは、高校二年の夏だった。夏休みに入る直前、私が部活を終えて駅まで来ると、改札口に佳織が立って待っていた。彼女は背中まであった長い髪をいつの間にかバッサリと切って、ショートヘアになっていた。

「ど、どうしたの」と私は思わず訊いた。

「切ったの。今年の夏は暑いでしょ。だから大変だって思っちゃうから」

彼女は照れ臭そうに笑った。だが、私にとって驚きだったのは、髪を切ったことではない。これまで隠れていた耳があらわになり、そこにピアスの穴がいくつも開いていたのだ。片耳だけで二十カ所近くあったのではないか。まだ高校生がピアスをすること自体珍しかった時代だったから、目をそらして気づかぬフリをした。

祭りに行ったのは、その数週間後だった。佳織の地元の商店街で夏祭りがあるということで誘われたのだ。彼女はこの日も耳に開けた穴にピアスをたくさんつけて平然と歩いていた。祭りですれ違う人の中には、彼女の異常な数のピアスに目を見張り、眉をひそめる者もいた。

屋台でチョコバナナや水あめを買ってしばらく歩いていると、背後から呼び止める声が聞こえた。そこには佳織の中学時代の同級生の男の子が二人立っていた。

「よお、卒業以来だな。元気にしてんのかよ」

二人はすぐに佳織の耳のピアスに気づいた。やはり彼らもそれに違和感を覚えたのだろう、一人が表情をこわばらせて言った。

「なんだよ、そのピアス。なんかやべえやつみたいだぞ」

「え……」と佳織が逆に驚く。

もう一人も言った。

「つけ過ぎだよ。気持ちわりぃ」

二人の表情は嫌悪感に満ちていた。彼らはあまり関わりたくないとでもいうように背を向け、そのまま人ごみの中へ消えてしまった。

祭りの喧騒《けんそう》が急に静かになったような気がした。佳織は傷ついたように唇を噛んでいた。しばらくして消え入りそうな声で「帰ろうかなって思っちゃう」とつぶやいて祭りの輪の外に向かって歩きだした。

商店街を抜けると、祭りの喧騒はやみ、静かな住宅街になった。遠くで太鼓の音が聞こえている。佳織は外灯の下で立ち止まってふり返った。

「ねえ、君も私のピアス、変って思っちゃう?」

同級生に言われたことがまだ尾を引いているのだろう。私は口ごもった。彼女はつぶやくように言った。

「このピアスね、うちのお父さんのことがムカついた時にするの」

「どういうこと?」と私は訊いた。

「暴力ふるわれたらムカつくじゃん。そんな時、安全ピンでもってピアスの穴を開けるの。そうすると、お父さんを殴り返したようにすっきりした気持ちになる」

彼女は父親に暴力をふるわれる度に、父からもらった体を傷つけて気持ちを晴らしていたのだ。

外灯の下で佳織はしばらく私を見つめていた。何か言ってもらいたかったのかもしれない。遠くで盆踊りの音が響いていた。

高校を卒業したのは一九九五年のことだった。阪神・淡路大震災につづいてオウム真理教の地下鉄サリン事件があった年だ。まさに二十世紀が終わりに近づき、世の中が大きく切り替わろうとしている最中だった。

佳織は専門学校を経て、化粧品販売店で契約社員として働きはじめた。もともと関心があったというより、学生時代のアルバイト仲間に誘われて働きだしたというのが実情のようだった。給料は決して高くはなかったが、実家を出て家賃の安い川崎のアパートで一人暮らしをはじめた。今から思えば、長年虐待を受けてきた父親から逃れたいという思いがあったのだろう。

一方、私はといえば大学へ進学してからは作家になるための文章修業の毎日で、いつしか佳織とも連絡を取ることがなくなっていった。やるべきことがあまりにあったため、人に会うのを極力避けていたのだ。

佳織は化粧品販売店の仕事にはあまり興味を抱けず、夜はクラブなどで遊び回っていたらしい。顔立ちが整っていたこともあり、遊びに連れていってくれる男には困らなかったはずだ。彼女は浴びるように酒を飲みながら日々の虚《むな》しさを埋めていたのだろう。

それでも佳織は月に一、二度は私のところに電話をかけてきた。決まって「あ、君？」と言ってから、「今、時間ある？ 久しぶりに会わない？」と誘ってくる。夜遅い時間にかかってくることが多かったのは、男たちと遊び回って傷ついたり、気が滅入ったりしていたからかもしれない。私は適当な嘘をついて断っていたが、泣きつかれて断れなくなり、一時間と決めて川崎にある佳織のアパートを訪れたこともあった。

最初、私は佳織のアパートは趣味が悪いほど派手なインテリアの部屋だろうと想像していた。ピアスから勝手にそんな連想を抱いていたのだ。だが、実際に訪れてみると、余計な家具が置かれておらず、白を基調としてシンプルにまとめられたきれいな部屋だった。きちんと片づけられているので六畳一間でも広く見える。

彼女は白いシャツに黄色い短パンといういでたちだった。久々に会う彼女のくるぶしには、タトゥーが入っていた。絵柄は蓮の花だ。彼女は私がタトゥーを見ているのに気づくと、得意げに言った。

「これ、知り合いの店で彫ってもらったのよ。有名な人なのよ、エッチな感じがするでしょ」

正直、私の目に映った蓮のタトゥーは過剰なほどけばけばしかった。なぜきれいな白い肌にそんな下品な絵を入れてしまうのか。彼女は私が黙っているのが面白くなかったらしく、不愉快そうに言った。

「君、そんな目で見ないでよ。別にタトゥーはヤクザの刺青《いれずみ》と違って、怖がられるわけでもないいんだから」

「もう消えないいんだろ、それ」

「消えないからいいんじゃないの。君は興味がないからわからないのよ。他の人はみんな素敵だって言ってくれる」

「素敵とかそういう問題じゃないよ……」

「もういい。この話は二度としないから。なんか、見せて損したって思っちゃう。君は大学行っているから、そういう変に利口な人たちの考えに染まっているのよ。バッカみたい」

　彼女は頰を膨らまして背中を向けた。初めて大学へ行っていることを後ろめたく感じた。高校生だった自分たちは、いつの間にか別々の道を歩きはじめていたのかもしれない。

　それからしばらく、佳織から電話がかかってくることはなかった。だが、三カ月ほどしてまた夜中に連絡をしてくるようになった。その都度彼女は疲れ切った声で「時間があったら会いたい」と言う。私も根負けして何度か会いにいった。

　アパートを訪れる度に、佳織の体には新しいタトゥーが入っていた。もはや何を言ったところで耳を貸すわけがないと黙っていたが、気になるのは絵柄にまったく一貫性がないことだった。西洋の天使の絵であったり、ネイティブアメリカンの絵文字であったり、どこの国の言語かわからないような文字であったりする。でたらめに入れているとしか思えない。離れて暮らすようになってもなお父親の記憶に苦しんでいるのだろうか。

大学を卒業して一年ほどすると、私は日本を離れ、処女作『物乞う仏陀』の取材をするため、アジア各国に滞在することになった。その間、佳織はもちろん、日本の友人とはほとんど連絡を取らなかった。作品をまとめて世に出すまで交遊を絶とうとしていたのだ。

帰国したのは、三月の寒い日のことだった。私はアジア各国でつくったノートの山の中で原稿を書く日々を送っていた。アルバイトで外に出る以外は部屋にこもって、なんとか調べてきたことを作品として完成させようとしていたのだ。春が過ぎ、夏が近づいた頃、唐突に佳織から電話がかかってきた。彼女は懐かしい声でこう言った。

「ねえ、近々時間ないかな……ちょっとだけでも会いたいんだけど……」

数年ぶりとは思えない誘い方だった。聞けば、川崎のアパートを引き払い、今は大宮に引っ越しているそうだ。帰国の連絡すらしていないのに、こうして電話をくれたのも腐れ縁かもしれない。そんなことを思い、久々にアルバイトとは関係のないところで人に会うことにした。

天気の良い日の夕方だった。待ち合わせた駅前の通りは赤い夕陽に照らされており、学校帰りの高校生たちが横一列に並んで騒ぎながら歩いていた。横断歩道やカラオケ店の前では二十代前半の金髪の男性たちがけだるそうにティッシュ配りをしている。

駅からほど近い、待ち合わせのファストフード店に入った。最初レジカウンターの横のテーブルにすわっていた佳織にまったく気がつかなかった。赤い髪のウイッグをかぶり、長い付けまつ毛をつけ、爪を七色に塗っていたので、別人としか思えなかったのだ。黒いタンクトップの下からタトゥーが出ている。

「久しぶり」

私は平静を装い、向かいの椅子に腰を下ろした。

彼女は煙草を人差し指と中指で挟み、かすかに弱々しい笑みを浮かべた。今何をしているのかと尋ねると、長らく勤めていた化粧品販売店を辞め、葬儀関連の派遣会社に登録しているという。彼女は目をそらし、今の仕事についてボソボソと語ったが、横顔にはかつてないほど疲労感がにじみ出ていた。

二時間ほどファストフード店で話をした後、私は誘われるままに彼女の新しいアパートへ立ち寄ることになった。玄関のドアを開けてみて、また言葉を失った。以前の彼女の部屋は白を基調としたシンプルなものだったのに、今は赤と黒が基調になったバロック調の悪趣味な装飾に変わっていたのだ。分厚いカーテンが閉められ、むせ返るような甘ったるいお香の匂いが充満している。

私はこれまで彼女がどれだけピアスをしても、タトゥーを入れても、部屋がきちんとしていれば安心だという思いがあった。生活の場さえ乱れていなければ、一線を越えることはないと考えていた。だが、あまりに変わり果てた部屋の様子を目の当たりにして、彼女の内面で何かが崩れ出していることを認めざるを得なかった。

私は言った。

「部屋の雰囲気が、前に住んでいたところと比べてすごく変わったね。前はもっとシンプルに整頓《せいとん》されていて、家庭的な印象があったように思うけど……」

案の定、彼女は私にケチをつけられたと感じたらしかった。

「これ、別に私の趣味じゃないもん。カレの好みなの」

「彼氏がこうしろって言うのか」

「そうじゃないけど、でもこういう感じが好きだって言うから……なんだかんだ二年近く付き合っているから趣味もわかるし」

意外だった。彼女は高校時代から男性をふり回す癖があり、相手の言うことになど耳を貸そうとしない。そのため、付き合ったとしても一、二カ月で別れてしまい、これまで一番長くつづいた男性とも半年ともたなかった。そんな彼女が二年近くも同じ男性と交際し、しかも彼に合わせてインテリアを変えただなんて。

「今付き合っている男性ってどういう人なの？　ちゃんとしている人？」と私は訊いた。

「どうかな……プライドが高い人だね。自分のことを受け入れてほしいみたいで、無理難題ばかり押しつけてくる。私が少しでも嫌だという素振りをすると怒って暴れ出す。その点以外はやさしい人だよ……」

私には「やさしい人」というのが言い訳にしか聞こえなかった。

「無理難題ってどんなこと？」

「ちょっとSっ気があるのかな、『俺のこと好きなら俺の名前のタトゥーを彫れ』とか『体に焼印を入れられても耐えられるだろ』とか言ってくる。あんまり断ると、自殺しかねないから、受け入れてあげるしかない」

焼印という言葉に寒気を感じた。

「焼印って何だよ。熱した何かを体に押しつけるということか」

「うん……この前もガスコンロで熱した鉄をあてられて大火傷《おおやけど》しちゃった」

彼女は「ほら」と言って、タンクトップをめくって腰を見せた。そこには五百円玉ぐらいの火傷のなまなましい傷があった。他にも膿《う》んで爛《ただ》れたような痕《あと》もある。

私は心配になり、強い口調で言った。

「その男と別れろ。どう考えてもその男は普通じゃない。このままだと、とんでもないことになるぞ」

反論されるかと予想していたら、彼女は素直にうなずいた。

「そうだよね。私もそう思っている」

「なら……」

「でもね、最近私のこと受け入れてくれる人って、そういう人しかいないの。タトゥーのせいもあるんだと思う。今の彼のような癖のある人しか仲良くしてくれない」

言わんとしていることはわかった。遊び半分のワンポイント・タトゥーならともかく、女性がここまで全身にタトゥーを入れてしまえば、大概の男性は敬遠して寄りつかなくなるだろう。集まってくるのは、同じように心に傷を負っていたり、彼女を一人の人間と見なしていないような男ばかりだ。

佳織は悲痛な声でつぶやいた。

「私だって、男の人と普通に仲良くしたいのに……」

部屋の底に言葉だけがむなしく響いた。

その年の暮れ、私は明け方に佳織に呼び出された。

町にはクリスマスのにぎわいが広がりつつあったが、本の出版を目指していた私は連日執筆に追われていた。明け方まで原稿に向かい、疲れてそろそろ寝ようかと思っていたところ、不意に机の上の携帯電話が鳴った。出てみると、聞こえてきたのは佳織の声だった。

「……今、友達の家にいるから来てほしい……」

声ですぐに異変を察した。まるで凍え死にしそうなほど声が震えていたのだ。何かあったに違いない。訳を尋ねると、彼女は途切れ途切れの声で答えた。

「カレからひどいことをされて病院に運ばれたの……体は大丈夫なんだけど、怖くて友達の家に泊めてもらってる。とにかく、会いたい」

気が焦った。

「友達の家ってどこなんだよ」

「……高円寺」

私はブルーのダウンジャケットを着こみ、バイクに乗って高円寺へと向かった。頭の中では、もう何年彼女にふり回されてきたのだろうという自嘲《じちょう》のような思いすらあった。

高円寺の駅から徒歩で十五分ぐらいの住宅地に、そのマンションはあった。すでに五時を過ぎていたが、まだ空は暗く、人影はない。私はバイクを止め、冷え切った手をこすりながら、教えてもらった部屋番号のドアチャイムを押した。

ドアが開いて出てきたのは、二十代後半の女性だった。佳織が化粧品販売店に勤めていた頃の同僚だという。２ＤＫの部屋に招き入れられると、奥の部屋にあったベッドの上に佳織が毛布を体に巻いてすわり込んでいた。くるぶしに彫った蓮の花が見えていたが、そのけばけばしい色彩より、青ざめた肌の色の方が目立っている。化粧をしていないこともあるのか、初めて出会った高校生の時のように小さくてか弱く見える。

私が何が起きたのかと尋ねると、佳織は信じられないことを言った。

「カレに血を抜かれた。注射器を持ち帰ってきて、『俺のこと好きなら血を抜かせろ』って言ってきた。それで許したら、具合が悪くなって病院へ行ったの」

「どうしてそんな危険なことやらせたんだよ」

「だってあの人、私が我がままを聞いてあげなければ、他に誰からも相手にしてもらえないって思っちゃう。仕方がないじゃん」

佳織にしても今の恋人と別れて別の相手を見つけるのは難しい。二人が傷つけ合いながらも離れられないのは、お互い居場所がそこしかないとわかっているからなのだ。

部屋のドアのところで立っていた友人が我慢できなくなったように口を挟んだ。

「佳織がそれで良くたって周りは違うでしょ！」

佳織が口をつぐむ。友人は私に訴えかけてくる。

「ねえ、聞いてください、佳織は血を抜かれたことを病院の先生にも言ってないんですよ？　話したら彼氏が捕まっちゃうかもしれないって」

佳織が「だって」と反発したが、友人はそれを遮ってつづけた。

「だってじゃないでしょ。彼氏は守られるかもしれないけど、あなたはどうなるの？　病院だって、あなたが体調を崩して気分が悪いとしか言わないから、そういう薬しか出さなかったじゃない。そんなものを飲んで体調が良くなるわけがない。同じことがまた起きて私の家に転がり込まれたって、いちいち面倒みきれないわよ」

友人は佳織のためを思って厳しく叱ったはずだ。だが私は、佳織は強い言い方をされると逆上するのを知っていた。間に入ってなだめようとしたが、一瞬早く佳織は毛布を壁に投げつけて叫んだ。

「別に面倒みてもらおうなんて思ってないもん。いいわよ、出ていく！」

佳織は立ち上がった。私は慌てて引き留める。

「怒るなよ。彼女は佳織のためを思ってくれているんだろ。体調が良くなるまでここにいろよ」

「もう治った！　私、帰る。駅まで送ってよ」

佳織はコートを着て、バッグを手に取った。私はため息をついた。一度こうなると絶対に引かない性分なのだ。佳織は口を閉ざしたまま玄関で靴を履いて出ていった。私も追いかけざるを得なかった。

町はまだ夜の闇が残っており、凍《い》てつく冷たい空気が張りつめていた。佳織はふてくされた表情で足早に階段を下りていく。私は呼び止める。

「おい、ちょっと待て。バイクで送っていくよ。道だってわからないだろ」

佳織は歩きつづける。私は彼女の腕をつかんだ。

「本当に大宮のアパートに帰るのか？　血を抜いたという彼氏がいるんじゃないのか」

「大丈夫。同棲はしてないし、合鍵も持ってないから」

「だけど、部屋に来られたらどうしようもないだろ。ずっと逃げつづけられるわけでもない」

「…………」

佳織は黙りこくった。寒さで吐く息が白い。私はつづけた。

「なあ、今の恋人と別れろよ。このままだとどんどん悪い方へ転がっていくぞ」

「彼、悪い人じゃないの……本当はとってもいい人なの。私のこと常に気にかけてくれるし、心配もしてくれる。さっきだって『大丈夫だったか？』ってメールも来たもん」

佳織にしてみれば、恋人の「大丈夫か」の一言が希望を支えているのだろう。こんなやさしい人だからいつか変わってくれる、と。

私はその思いを振り払うように言った。

「その男は心配したり、謝ったりしても、また同じことをやるに決まっている。もう見捨てろよ。体が持たない」

「私がいなくなったら、彼は壊れちゃう。今更裏切れないよ。かわいそうだよ」

「でも、佳織が先に壊れてしまったらどうしようもない。事実今だってそうなっているんだろ」

佳織はまた黙った。私は強い口調で言った。

「いつまでも自分をごまかすな！　僕だって、友達だってみんな佳織のことを思って家に泊めたり、迎えにきたりしているんだろ。それを裏切って、またその男のもとにもどるつもりなのか」

これぐらい言わなければ真剣に現実と向き合おうとしないだろう。

佳織は肩を落として下を向いた。心の底では自分が向かうべきでない方向へ進んでいることがわかっているのだ。彼女は消え入りそうな声で言った。

「ごめんなさい……けど、どうしようもないんだもん」

「どうしようもない？」

「私だって普通に恋愛がしたいのに、そうできない。あなただって私みたいな女と恋愛しろって言われても無理でしょ」

タトゥーやピアスのことを言っているのだろう。彼女は体に残る父親の面影を消そうとしてピアスの穴を開けたり、タトゥーで皮膚を覆ったりした。だが、それを認めて一生を共にしようとする男性は多くはないかもしれない。私自身、友人としては付き合えても、恋愛や結婚ができるかと問われればそうではない。

「ごめんね。あなたの言っていることはわかっているし、うれしい。けど、あの人と今別れることなんてできないよ」

「……………」

「ちゃんとするから見捨てないで」

「見捨てないよ。心配しているだけだ」

私もそれ以上言葉が見つからなかった。

佳織は頭を下げた。

「ありがと。本当にありがとね」

明け方の空が少しずつ青みを帯びてきた。佳織は陽が昇るまで何度も「ありがとう」という言葉をくり返した。

屋敷のたに江

東京都の荒川の近くに、「屋敷」と呼ばれる一軒の民家があった。築五十年になろうかという家は、伸びきった雑草に覆われ、壁は黒ずみ、ところどころ亀裂《きれつ》が入っている。玄関の外にはゴミの山がつみ重なって悪臭を放っており、カラスの群れが朝から晩までガアガアと嗄《しわが》れ声で鳴きながらそれらを漁《あさ》っていた。

この家が地元で「屋敷」と呼ばれているのは、「ゴミ屋敷」という言葉に由来する。家の主は何年もゴミを出すことなく、すべてため込んでいた。それらは家の中からあふれ、玄関やベランダにもつみ重なって、周辺に耐え難い臭いを発していたのだ。

家の存在が知られるようになってからは、近隣の子供たちが面白がってペットボトルや空き缶を投げ入れるようになり、さらにゴミの数は増えていった。時折、ここなら捨ててもかまわないだろうと、粗大ゴミを敷地内に投棄しにくる者もいるそうだ。

家の主は、近所の人々に「たに江」と呼ばれていた。本名なのかどうかはわからない。一説によれば、年齢は五十五歳だというが、外見からは六十五歳、いや七十五歳といわれても不思議ではなかった。

たに江さんは異様な風体をしていた。白髪交じりの髪は絡み合って団子状になっており、真夏でも黒いダッフルコートを着込んでいる。近隣の子供たちの間には、彼女は広島で被爆して全身に火傷の痕があり、それを隠すためにコートを着ているのだという噂まであるそうだ。きっと近隣住民があることないことを勝手に触れ回っているのだろう。

私がこのたに江さんの存在を知ったのは、ある雑誌の編集者に誘われて喫茶店でコーヒーを飲んでいた時だった。その編集者が、自宅の近くにゴミ屋敷があるので、そこを取材してみないかと言ってきたのだ。彼自身がたに江という人物の素性を知りたかったのかもしれない。当時はまだゴミ屋敷がメディアで取り上げられることも少なかったし、私自身も多少なりとも興味があったので、私はその場の勢いで「わかりました」と答えた。

春の日の午後、私は屋敷を訪れるため、小さな駅に降り立った。前日まで雨が降りつづいていたせいで、町全体には澱《よど》んだ湿気がこもっており、駅前にはホームレスがすわり込んで日中から酒を飲んで何かを叫んでいた。行き交う人々は当たり前のようにその横を素通りしていく。町全体が荒《すさ》んでいるような空気があった。

教えられた住所を頼りに住宅街を歩いていくと、角を曲がったところで生ゴミの異臭がした。二十メートルほど先に、木造の二階屋がゴミにうずもれるようにして建っていた。一目でここがたに江さんの家だとわかった。カラスがゴミ袋を破ったせいで、中身が飛び出して路上にまで散らばっている。

まずはたに江さんに会わなくてはなるまい。私は玄関のドアチャイムを押そうとしたが、ボタンが壊れていた。仕方なく、壁を叩き、半開きになっていたドアの隙間《すきま》から「すみません」と声をかけてみる。

「どなたかいらっしゃいませんか」

しばらくして、奥からダッフルコートを着た初老の女性が現れた。たに江さんだ。風呂に入っていないらしく、顔は垢《あか》だらけですえた臭いがする。

私は正直にここに来た理由を告げた。

「私は雑誌に記事を書いている者です。失礼ですが、あなたの現在の生活についてインタビューをしたいと思っています。短い時間で結構ですのでお話を聞かせていただくことはできますか」

無理強いして聞いたところで記事になる話ではない。断られたら断られたであきらめようと思っていた。

たに江さんは私の顔をのぞき込むように見つめると、拍子抜けするぐらいあっけなく承諾した。

「上がって、上がって。椅子にすわって話せばいい」

しゃべり方がぎこちないが、話は理解してくれているようだ。

家に上がらせてもらうと、廊下には大量のゴミが膝《ひざ》の高さぐらいまでつみ重なっていた。私はそれらをかき分けて進まなければならなかった。一歩踏み出す度に、足の裏で何かが割れる音がする。ガラスの破片や画鋲《がびょう》が落ちていないことを願った。

廊下の突き当たりが、居間だった。ここにもゴミが散乱しており、小蠅《こばえ》が飛び交っている。たに江さんはゴミの山となっているテーブルについていて、私にも椅子にすわるように言った。私は椅子の上に載っているアルミホイルや割り箸をどかし、恐る恐る腰を下ろした。

「いつもはこの部屋で過ごしているのですか」

たに江さんは聞こえないのか、腕をボリボリかきむしっていた。皮膚がひどくかぶれており、赤くなって血がにじんでいる。こんな部屋にいれば当然だろう。

「今は、お一人で暮らしているんですか」と私は別の質問をした。

たに江さんは気がついたらしく、顔を上げて答えた。

「一人？　一人よ。結婚だってしていた。一回、二回、三回」

「え？」

「一回、二回、三回」

やはり言い回しがおかしい。

「三回の結婚経験があるということですか」

「一回目は二十四歳、二回目は三十一歳、三回目は三十五歳」

一応は質問に対する受け答えができるようだ。少しほっとした。この時のたに江さんの話をまとめると、次のようになる。

彼女は三人兄妹の末っ子として神奈川県で生まれ、小学生の頃にここへ引っ越してきたそうだ。おそらく両親が家を建てたのだろう。中学を卒業した後は、一時期住み込みの仕事をしたものの、職場になじめずに実家にもどって家事手伝いをするようになった。

最初の結婚は二十四歳だった。相手は近所に暮らす十五歳年上の男性だ。だが、結婚生活はうまくいかず、子供もできないまま離婚。それから何年かして、今度は商店街の知人男性との間に子供ができたために慌てて結婚した。しかし、妊娠中に精神の病気を患って入院、産後は夫との間に様々なトラブルがつづき、一年ももたずに離婚することになり、子供は夫が引き取った。彼女には育てられないと判断されたのだろう。そして、三度目の結婚も半年も経たずに破綻《はたん》したらしい。

その後、たに江さんは実家にもどってまた家事手伝いをして生きていくことになる。両親は三度の離婚からたに江さんが男と関わるのを禁じた。どうせすぐに出もどってくるなら、家に閉じ込めておいた方が恥をかかなくて済むと考えたのかもしれない。そうするうちに、まず父親が病死、母親も間もなく後を追うように逝ってしまった。家は子供たちが相続したものの、兄二人は関西と九州で家庭を持っており、たに江さんが家を預かるような形でここで暮らしているらしい。

私はやるせない気持ちで話を聞き終えた。きっと彼女は精神の病気を患っているせいで、同僚や夫としっかりした関係を築けなかったのだろう。私はその病気が何なのか気になって尋ねてみた。すると、たに江さんは予想していた以上にはっきりと病名を答えた。

「ＡＤＨＤ」

ゴミの臭いの漂う部屋が一瞬静まり返った。

ＡＤＨＤとは、注意欠陥多動性障害のことだ。脳の一部に障害があって起きるものといわれており、一つのことを集中してやり通すことができなくなってしまう。一つのことに取りかかろうとしても途中であれもこれも気になり、すべてを中途半端なまま投げ出してしまうことになる。

「あなたの場合は、どういう症状が出るのですか」

「わかんない。病気だっていうけど、わかんない」

病気であることはわかっていても、症状の細かいところまでは理解できないのかもしれない。ただ、もし彼女がＡＤＨＤであれば、ゴミを片づけようとしても病気のせいでうまくできないということもあり得る。だとしたら、家がゴミ屋敷と化した背景には、病気があるということか。

私は素直に尋ねた。

「この家にはゴミが散乱していますね。片づけられないというのも、ＡＤＨＤのせいなのですか」

「わかんない。わかんない。でも、先生、お父さん、お母さんは、病気だって言ってた」

やはりそうなのかもしれない。

「病院へ行って治療は受けているんですよね」

「うん」

「薬はどうですか」

「うん」

彼女はテーブルを指さす。大きなアルミの缶の中に、大量の薬が入っている。一瞥《いちべつ》しただけでも種類は十をはるかに超えていた。ＡＤＨＤだけでなく、複数の疾患を抱えているにちがいない。それらが複雑に絡み合って、この家をゴミ屋敷にしているのだ。

「薬を飲んで良くなってきているんですか」

「わかんないよ。わかんない。わからない」

薬で簡単に治癒できる類のものではないのだろう。だが、付近に暮らす人々はそれに気づかず、「ゴミ屋敷」だと言って勝手な噂を流して回る。軽い気持ちで取材に来たものの、なんともいえない後味の悪さだけが胸に残った。

夏の猛暑がいよいよ本格的になってきたある日、私はたに江さんの家を再び訪ねることになった。

最初の取材の記事は、まだ雑誌に載っていなかった。すでに脱稿していたのだが、企画を持ってきた編集者はどう掲載するかを迷っていたようだった。私としてはすでに役目を終えていたし、たに江さんにさらに話を聞いても特別なことが出てくるとは思えず、取材は一段落したものと考えていた。

それでも二度にわたって屋敷を訪れたのは、仕事上やむを得ない理由ができたためだ。編集者が記事を掲載するには、たに江さんの家の中の写真を撮る必要があると言い出したのである。たしかにゴミ屋敷の記事である以上、家の内部の様子を写真で見せたいという編集側の気持ちはわかる。私はやむなく、編集者とともに再び、写真撮影の許可をもらうため、たに江さんに会いにいくことにした。

午後六時半に駅前で待ち合わせしてから向かったため、屋敷に到着した頃にはあたりは薄暗くなっていた。私は前回と同じように玄関の壁を叩いて外から呼びかけた。五分ほど経ってようやくたに江さんがドアの隙間から音もなく黒ずんだ顔を出した。

私はおずおずと言った。

「こんばんは。以前こちらに来てお話をお聞きした石井ですが」

最初たに江さんは私の顔を忘れていたが、説明をすると思い出したのか、中へ招き入れてくれた。

家の廊下は電気がついておらず、暗くて足下が見えなかった。私と編集者は一歩ずつ確かめるようにして歩かなければならなかった。居間に入ると、部屋にこもる悪臭は前回よりきつくなっていた。気温が上がったことで、生ものが腐り出しているのだ。ゴミ袋には小さな黒い虫がびっしりとついている。

私は彼女に気をつかって臭いには気がついていないふりをしたが、編集者はむせ返り、「たまんねえな」とぼやきながらハンカチで口元を押さえた。たに江さんはこめかみに手をあて、そんな編集者を睨みつけた。私はごまかすように持参した土産を差し出した。

「これ、先日のお礼に買ってきました。お嫌いでなければ、召し上がってください」

浅草で買ってきたせんべいだった。どうせなら生ものより腐りにくいものがいいだろうと考えたのだ。

彼女はむすっとした表情でそれを受け取り、テーブルにつみ重なるゴミの上に載せた。この土産もすぐにゴミに埋もれてしまうにちがいない。

私はアルミの缶に入った薬を見てから言った。

「病気の方はいかがですか？　薬はちゃんと飲んでいますか？」

たに江さんは答えず、編集者を警戒するように横目で何度も見ている。編集者はハンカチで鼻を押さえ、足の裏にゴミがついていないか見ている。たに江さんの目などまったく気にしていない。

私はたに江さんの意識を逸《そ》らすように話をつづけた。

「先日は突然押しかけてしまって申し訳ありませんでした。ただ、お陰さまでADHDについて知るきっかけになりました。今、少しずつですが勉強しています」

「………」

「病気を抱えて一人で暮らすのは本当に大変だと思います。どなたかに生活の手伝いをしてもらうことはできないのですか」

「………」

「病院などで相談してみたら、ヘルパーとかNPOとか生活をサポートしてくれる人を紹介してくれるかもしれませんよ」

たに江さんはまだじっと編集者を睨んでいる。何かが気に障るのだ。

私はその場の空気を和ませるために編集者に話をふった。

「たに江さんにお聞きしたい質問はありますか？　親切なので何でも答えてくださいますよ」

編集者は先を急ぐように言った。

「質問はいいよ。俺たちの目的を先につたえようぜ」

耳を疑った。まさか家に入れてもらっていきなり写真のことを切り出すつもりなのだろうか。こういう時には順序というものがあり、話をして信頼関係を築いた上で頼みごとをしなければならない。

だが、編集者は構わずにたに江さんに言った。

「俺たちは仕事で来たんです。前回石井の方からインタビューをさせてもらったと思うんですけど、どうしても写真が必要なので、この家の写真を撮らせてもらってもいいですか」

たに江さんの眉間がピクッと動いた。編集者は気づかずに話をつづける。

「ほんの数分で終わります。玄関からと、この食卓と。あと二階も見せていただければと思うんですけど」

一瞬の沈黙があったと思うと、たに江さんは顔色を変えて怒鳴った。

「やだ！　やだ！　出ていけ！　あんた、出ていけ！」

「ちょっと待ってください」

「やだ！　出ていけ。出ていけ」

たに江さんはパニックになっていた。

「出ていけ！　出ていけ！」

彼女はそう言って編集者の袖をつかむと力いっぱい引っ張った。編集者が「どうしたんですか、落ち着いてください」と言っても耳を貸さない。そして玄関までつれていくと彼を外へ追い出してしまった。私は居間に立ちすくんでそれを見守ることしかできなかった。

たに江さんは息を切らし、顔を真っ赤にしてもどってきた。怒りで唇がワナワナと震えている。私は自分も追い出されるのだろうと覚悟したが、彼女は立ったまま何もしてこない。私はしばらく様子を見てから、頭を下げて謝った。

「すいません。急に変なお願いをしてしまって……」

彼女は黙っていた。私の腹の底を知りたいと思っているのだろう。私はすべてを打ち明けることにした。

「正直に言うと、この家のゴミを撮りたかったのです。先日お話を聞かせてもらった記事に、どうしても必要だということで……」

部屋の中を虫が飛ぶ音がしている。たに江さんはうつむいて言った。

「ゴミ、怖いよ。怖いよ」

「え？」

「ゴミ、怖いよ」

たに江さんは自分の体を抱くようにしてつぶやいた。

私は、もしかしたら、と思った。たに江さんは自分がADHDであることをわかっている。病気のせいで家がゴミだらけになっていることも理解している。だからこそ「怖い」と言ったのではないか。

「ゴミが、怖いんですか」と私は訊いた。

彼女はうなずく。

「怖い、怖い、怖い……」

ゴミが増えていくのは、彼女の精神が崩れていっている証拠だ。彼女はそれに怯《おび》えているのかもしれない。

薄暗いゴミだらけの部屋でその声が地鳴りのように響く。私は立ち去るわけにもいかず、じっと声に耳を傾けていることしかできなかった。

第二章　自ら命を絶つ日

樹海の陽だまり

富士山の麓《ふもと》、三十平方キロメートルの大地を覆う深い原生林を、「青木ヶ原樹海」と呼ぶ。

青木ヶ原樹海は日本有数の自殺の名所だ。遺体の発見数は年間に五十体から百体ぐらいだが、実際はその何倍もの数になるといわれている。森があまりに深く、見つからないのだ。

樹海で自殺する者たちが選ぶ方法は、大抵薬物自殺か、縊死《いし》である。彼らはバスや車でこの森にやってくると、バッグの底に睡眠薬や首を吊るためのロープを忍ばせ、薄暗い野道を奥へ奥へと歩いていく。落葉を踏みしめる音だけが、死への旅路の同伴者だ。

数十分、あるいは一時間以上歩いて、彼らは自殺場所を決めて足を止めることになる。ふり返っても道がないために後もどりすることはできない。鬱蒼《うっそう》とした森で木の葉のざわめきを聞きながら、彼らは最期に何を思うのだろうか。

青木ヶ原樹海を訪れたのは、二〇〇九年の秋の日のことだった。きっかけは、雑誌の企画だった。編集長と次の企画について相談をしていたところ、唐突に自殺について何か書いてほしいから、一緒に樹海へ行ってみないかと提案されたのである。

以前、会食の席で、私はかつて知人の女性が樹海へ行くと言い残して失踪《しっそう》したことがあったという話をした。編集長はそれを憶えており、何かしらの記事にできないかと考えたのだろう。私はあまり乗り気ではなかったが、面と向かってそう提案された以上は断れなかった。

朝の七時半、私たちは出版社の前で待ち合わせ、黒いワンボックスカーに乗って一路樹海に向かった。編集長の他に、樹海に詳しい坂本さんという顎髭《あごひげ》を生やした男性が一緒だった。四十歳ぐらいだろうか。自殺予防の啓発活動をしており、その関係で何度も樹海に足を運んだことがあるのだという。今回は私たちの案内役としてついてきてくれることになった。

中央自動車道を河口湖インターチェンジで下りてしばらく一般道を走ると、いつの間にか鬱蒼とした森に入り込んでいた。坂本さんによれば、この広い森一帯が青木ヶ原樹海と呼ばれる場所だという。私たちは森の隅に車を止め、ひとまず歩いてみることにしたが、樹海は想像していたよりはるかに深かった。

最初、野道を見つけて歩いていたのだが、いつの間にか道が落ち葉で埋もれて見えなくなっていた。困ってもどろうとふり返ると、三百六十度同じ光景に見えて自分がどこに立っているのかわからない。同じような樹木に取り囲まれており、目印となるものが一つもないので、自分が向いた方向が九十度後ろなのか、それとも四十五度しか向いていないのかさえ感覚としてつかめないのだ。

「あれ、あれ……」

全員が戸惑って顔を見合わせているうちに、完全に方向感覚が失われていることに気がつく。鏡の部屋に取り残されてしまったような気持ちだ。編集長と坂本さんはたしかに前と後ろにいるのだけど、それが前なのか後ろなのかさえわからない。

坂本さんが叫んだ。

「止まってください。このまま動かないで」

坂本さんは持参していたGPSを慌てて取り出す。これさえ確認すれば、位置関係が明らかになるはずだ。坂本さんはGPSをのぞき込んで元の道へと私たちを誘導すると、ホッと胸をなで下ろしたように言った。

「これが樹海の恐ろしさです。ちょっと奥へ踏み込むと、どこから来たのかわからなくなってしまう。迷っているうちに薄暗い森の奥に吸い込まれて二度ともどれなくなってしまうのです」

私は冷や汗をぬぐって言った。

「僕たちのように見物にやってきて迷ってしまう人もいるかもしれませんね」

坂本さんは真面目な顔をして答えた。

「そりゃ、かなりいると思いますよ。興味本位から死体を捜そうと思って訪れる若者もいますが、何の予備知識も道具もなくやってくるのは自殺行為と同じです。憶測ですが、そんな人たちの中には樹海に入ったまま出てこられなくなって死んだ人もいるのではないでしょうか。ここでは携帯電話さえ通じませんからね」

携帯電話をのぞき込むと、たしかにアンテナが一本も立っていない。森の中に沈黙が広がる。編集長が頭をかきむしってつぶやいた。

「樹海がどういうところか見にきただけなのに、とんでもないところに来てしまった感があるな。これじゃ、取材どころじゃない」

たしかにこの深い森を歩きつづけるのはしんどかった。坂本さんは言った。

「散策コースのある場所へ行きましょうか。ここよりは安心して歩けるはずです」

樹海の中には散策コースがつくられている地区があるという。樹海はあまりに広いため、自殺者を捜す場合は散策コースの周辺を捜索するのが一般的だ。逆にいえば、それ以外の場所はほとんど手がつけられていないのが実状らしい。

「わかった。そこへ行ってみよう」と編集長は答えた。

車で三十分ほど行ったところに、「青木ヶ原樹海散策コース」があった。大きな駐車場がつくられており、売店ではペットボトルのお茶やお菓子が売られている。

散策コースといっても、舗装されているわけでもなく、原生林をなんとか切り開いたような山道だ。奥へ行けば、どこが道かもわからないようなところもある。

坂本さんは散策コースの入り口に立って言った。

「ちょっと奥へ行けば『自殺を思いとどまりましょう』という看板がたくさんあります。ここまではバスが通っているので、自然と多くの自殺志願者が集まるのでしょう」

森の陰影が濃い。一体年間何人の人間が死ぬことを目的としてここにやってくるのだろうか。坂本さんはリュックを担ぎ直すと、真っ直ぐに遊歩道へと進んでいった。

十分ほど歩くと、森は完全に原生林に変わった。苔が生えた地面は老樹の根で隆起しており、道を外れると歩くことが難しくなるほどだ。気温もどんどん下がってきて、いつの間にか靴が泥だらけになっていた。陽が射さないので常に地面が濡れたような状態になっているのだろう。

さらに奥へと進んでいくと、時折横に逸れる道がロープで塞《ふさ》がれていたり、立ち入り禁止の看板が立ててあったりする。よく見ると、それらの道の前には石でつくられた小さな地蔵が置かれていた。枯れてはいるが、花も供えられている。坂本さんもそれに気づいて足を止めた。

「立ち入り禁止って書いてありますでしょ。こういう脇道を奥へ行ったところで自殺するんです」

「え？」

「自殺者たちは散策コースでは死にません。脇道に逸れて、人目につかないところを選ぶことがほとんどです。お地蔵さんが置いてあるのは、この先の道で遺体が見つかったからなのでしょう。ちょっと行ってみますか」

坂本さんはそう言って脇道へと入っていった。私と編集長は唾を飲み込んで後をついていった。

脇道は次第に狭くなってきて、やがて道なのかどうかさえわからなくなった。だが、人が立ち入った跡はあった。ところどころに靴が脱ぎ捨ててあったり、泥だらけのジャンパーが木の枝に引っかかっていたりするのだ。こんな森の奥まで来て衣服を脱ぐ者などいるわけがない。自殺者たちの遺品なのだろう。その数はあまりにも多い。

さらに歩いていくと、大木の枝に紐を通したノートがぶら下がっているのを見つけた。雨に濡れないようにわざわざ透明のビニール袋に入れられている。坂本さんが眉間に皺《しわ》を寄せて、「この中のノートを見てください」と言った。袋からノートを取り出し、ページをめくってみると、そこには汚い字で様々な殴り書きがしてあった。

〈オヤジなんて、死んじゃえばいいのに！〉〈＊＊竜也、＊＊卓郎、俺が死んだらおまえらを恨み殺す〉〈＊＊大学法学部三年、＊＊由美、今から死にます〉

坂本さんが首を横にふって言った。

「自殺志願者が最後の思いを書きつづっているんですよ。誰かが用意したんです。こういうノートは森を歩いているとところどころに見つかります」

どの言葉も生きる苦しみをそのまま書き記しているようだ。ここに来る人たちは自分では抱えきれないほどの憎しみや悲しみを背負っており、死ぬ間際にそれを少しでも吐き出そうとしてノートに思いのたけをぶつけるのだ。

私は無言でノートをビニール袋にもどした。脳裏には、樹海へ行くと言い残して消えた女の子のことが蘇《よみがえ》っていた。彼女の名前は「こずえ」といった。私が出会った当時、彼女はまだ十九歳だった――。


最初にこずえと会ったのは、大学を卒業して間もない頃のことだった。

当時、私は一年ほど検査会社の経営者から一部の事業を任されるような形で仕事をしていた。長期間にわたって海外取材に行こうとしていたが、それには十分な蓄えが必要になる。そこで知人の父親が検査会社を経営していたので、頼み込んで完全歩合制で事業をやらせてもらっていたのだ。

検査会社と言われても、イメージしにくいかもしれない。検査会社とは病院と契約して血液や皮膚組織などの検体をもらい、たとえばインフルエンザや糖尿病などの検査を代行する会社のことだ。血液検査をすると結果が出るまでに一週間待ってくださいと言われることがあるが、あれは検体を検査会社に送って結果が送られてくるまでの期間であることが多い。

私がやっていたのは感染症に関する事業を広めることであり、その中には性感染症も含まれていた。淋菌感染症ならば淋菌、コンジローマであればHPV（ヒトパピローマウィルス）によって感染する。風俗業界で働いている人はこれらの病気にかかる率がどうしても高くなる。当時、私は仕事がら多くのそうした女性から病気に関する相談を受ける立場にあった。

こずえと会ったのは、そんなさなかのことだった。秋の日の午後、私は風俗店で働く女性に呼ばれ、西新宿のファミリーレストランを訪れた。何度か病気の相談に乗ったことのある女性でいつも無理難題ばかりつきつけてくるので気乗りしなかったが、顧客なのでむげに断るわけにもいかなかったのだ。

店に入ると、真ん中のテーブルで彼女は見知らぬ若い女性とともに私を待っていた。若い方の女性は赤いダッフルコートを着て、右半身が少しかしいでいるように見えた。誰なのだろう。

風俗店で働く女性は私を椅子にすわらせると、メンソールの煙草に火をつけて言った。

「この子、こずえって名前なの。十九歳だって。体が半分麻痺《まひ》しているのに、うちで働きたいって面接に来たの。一度断っても何度も来るから、店長が面倒になって私に任せたんだけど、どうしていいかわからなくて」

彼女は煙草の煙を吐く。何となく悪い予感がする。彼女はつづけた。

「光太の方でこの子を何とかしてよ。私は今のお店でしか働いたことないから横のつながりがない。光太だったら他の店とか紹介できるでしょ」

「冗談じゃない。僕は検査会社の仕事で知り合いがいるだけで、店なんか知らないし、仕事の紹介なんてできるわけがない。そもそも風俗店で遊ぶことすらないんだから」

「じゃあ、光太からこの子にあきらめろって言ってよ。私、さんざん言ったのに聞いてくれないんだもん。あなたが代わりに説得して。とにかく頼んだよ」

彼女はそう言って伝票を握って立ち上がると、スタスタと店を出ていってしまった。私は頭を抱えた。

テーブルに、私とこずえが取り残された。こずえは、ニコッと笑って言った。

「光太さんっていうんですか？　風俗の仕事に詳しいんですか」

「詳しくないよ。今言ったようにまったくわからない」

私はわざと投げやりな言い方をした。だが、彼女は笑顔を絶やさなかった。

この日から、こずえは毎週のようにメールで相談してくるようになった。彼女は親に携帯電話を持たせてもらえなかったため、いつもパソコンからだった。私は仕事から風俗で働く女性とかかわりはあったものの、業界には無知だったし、仕事探しに協力するつもりも一切なかった。それをきちんとつたえたのだが、彼女は時折メールをしてきては、どこそこの店へ面接へ行っただの、あそこの店は評判が悪いだのということを書いてきた。

私も少しずつ親近感を覚え、時には仕事の合間に十分、十五分会うこともあった。彼女は麻痺している右足を引きずるようにして店にやってくると、テーブルにつくなり決まって大きなパフェを頼んだ。そしてまるで数週間ぶりに人と話すかのように猛スピードでしゃべりつづけるのだった。

ある日、私はこずえに友人が一人もいないことを知った。話によれば、両親は彼女が小学生の頃に離婚したという。母は兄だけを引き取り、父が生まれつき半身に麻痺のあるこずえを育てることになった。だが、収入は少なく、生活は苦しかった。中学卒業の際、父親はこずえに「おまえは障害者で、どうせ仕事につけないんだから進学しても無駄だ」と言った。彼女は父の言葉に従って進学せず、家事手伝いをして暮らすことになった。小中学校の友人とは疎遠になり、新しい友達もできず、二年が経った頃には話し相手すらいなくなったらしい。会った時にすごい勢いでしゃべるのは人恋しさもあるのだろう。

二月の寒い日の夜、私はこずえに誘われて池袋の居酒屋に入ったことがあった。それまで彼女はどこへ行っても赤いダッフルコートを着ていたが、この日は暖房がきいていたこともあって、店員の勧めに従ってそれを脱いでハンガーにかけた。ふとめくれた袖から無数にあるリストカットの痕《あと》が眼に入った。

私は驚いて言った。

「すごい傷……どうしてそんなに？」

こずえは苦笑し、恥ずかしそうにまくれ上がった袖を直した。この晩、彼女は珍しく傷のことを含めてほとんどしゃべらなかった。

午後十時を過ぎ、私たちは居酒屋を出た。夜の池袋は派手なネオンが灯《とも》り、下水とアルコールが入り混じったような臭いがしている。こずえは所沢で父親と二人でアパートに暮らしている。そろそろ帰らなければならない時刻だったが、彼女は無言で足を引きずるようにして駅とは逆方向へ歩きだした。

たどり着いたのは、雑司《ぞうし》ヶ谷《がや》の大鳥神社だった。外灯の下には人影が見あたらない。こずえは境内にある石段に腰を下ろした。寒さのせいか、鼻の頭が赤い。彼女は私の目を見て言った。

「リストカットのこと、きちんと答えなくてごめんね」

「話したくなければいいよ」と私は答えた。

外灯に照らされる肌が餅のように白い。まだ十代なのだと改めて思う。

「お父さん、離婚してからずっと私に性的ないたずらをしてきたんだ。ホント、嫌な人なの。私が障害者で他に行き場所がないことを知っていてやってくる……」

私の中に驚きはなかった。こずえが風俗で働きたいと言って、一人で方々へ面接へ出かけていることから、何かしらの問題を抱えているにちがいないと思っていたからだ。

彼女は私が拒絶反応を示していないのを横目で確かめてからつづけた。

「手首を切ったのは、お父さんを困らせてやろうって思ったから。そうすれば、焦るんじゃないかって。けど、お父さんは開き直って『死にたければ勝手にしろ。俺はそっちの方が楽だ』って言った」

「風俗で働こうとしているのもお父さんと関係があるの？」

「自立したい。自立して家を出ていきたい。だから風俗でたくさん稼がなきゃ」

夜風が肌を切るほどに冷たい。夜空に月がくっきりと浮かんでいる。私はジャンパーのポケットに手を入れて言った。

「仕事が見つかったら、すぐに家を出るつもり？」

「そうできたらいい。だけど、どこのお店も雇ってくれない。やっぱり麻痺があるとダメなのかな」

風俗店は裸のサービス業だ。右半身が麻痺していて、腕に無数のリストカットの痕がある女性を雇うところは少ないはずだ。私が口をつぐんでいると、彼女は赤いダッフルコートに顎をうずめてつぶやいた。

「働けないなら、ホント死ぬしかないよ」

樹海には草の腐敗した臭いが満ちていた。茂った葉が陽光を遮り、どこまで歩いても鬱蒼とした暗がりがつづく。あまりに湿度が高いせいで、一歩進む度に体力を吸い取られていくようだ。

私は頭や顔にまとわりついてくる蜘蛛《くも》の巣を手で払いながら、案内役の坂本さんの後を必死でついていった。どこまで行っても地面には落ち葉に紛れて、古びた靴や帽子が散らばっている。しばらくして坂本さんが足を止め、転がっていた泥だらけのバッグを拾い上げた。

「これ、中に何か入っていますね」

言い終わるか終わらないかのうちに、中からカードのようなものが落ちた。運転免許証だった。坂本さんはそれを拾い上げた。

「バッグを捨てたということは、きっとこの人は生きていないでしょう。免許証があればなおさらだ」

運転免許証の中で三十代ぐらいの男性が真っすぐにこちらを向いている。

「どうしてなんでしょう」

「本気で死にに来ている人は、それを誰かに知らせたがるんです。誰にも見られないところで静かに死にたいと願う一方で、死んだことだけは人に知ってもらいたいと思う。人間の弱さとでもいうのかな。そういう人は、この先で自分が死んでいるのだということを知らせるためにわざと所持品を一つずつ落としていくんですよ。見つけ出してもらいたがっているんです」

自殺者はそれほど多くの所持品を持たずに森に来るはずだ。だが、死へと向かう道程で誰かに気がついてほしいと願い、少ない所持品を小分けにして数十メートル置きに捨てていく。ここに落ちているものは自殺者たちの孤独の断片だといえるだろう。

坂本さんは運転免許証をそっとバッグにもどし、元の場所に置いた。

「こういう遺品を見ると、遺体は見つかったんだろうかと思ってしまいます。みんな何かに悩み苦しみ命を絶っていったはずなのに、その死すら気づかれていないのはあまりにも悲し過ぎる……彼らが生まれて育った意味ってなんだったんでしょうね」

森の上で風が吹いている音がするが、木が密集しているせいで中までは届かない。

私は坂本さんの口ぶりから、近しい人が自殺した経験を持っているのではないかと思い、それを尋ねてみた。彼はあっさりと認めてうなずいた。

「父親と従兄《いとこ》が自殺したんです。父親は僕が小学生のときに事業に失敗してマンションから飛び降り、従兄は僕が高校生ぐらいの時に友人関係に悩んで電車に飛び込みました。それとは別に遠い親戚にも一人います」

平然とした語り口だ。坂本さんは自分なりに受け止めることができているのだろう。

「坂本さんは自殺予防の活動をされているんですよね。それはやはりご家族のことが深く影響しているのでしょうか」

「もちろんです。ただ、自殺者を減らすためというより、僕自身が生きていくために自殺ということを真正面から見つめておきたかったというのが正直なところです」

「自分のために活動をしているということですか」

「父と従兄が自殺したことで、僕は自分自身の中に自殺の遺伝子のようなものが潜んでいるのではないかと思ってきました。いつか自分も何かきっかけさえあれば、父や従兄と同じように自殺するんじゃないかって……自分自身がこれから先ちゃんと生きていけるのか不安になった。それで自殺に向き合ってみようと思ったんです」

自殺は連鎖するといわれている。身近な人が自殺をすると、その人にとって自殺が身近なものになったり、選択肢の一つとなったりすることで、自殺を選んでしまう人がいるということなのだろう。

坂本さんは地面にもどした泥だらけのバッグを見下ろして言った。

「自殺を決めた人って不思議なんです。影が消えてしまうほど存在感がなくなるんですよ」

「存在感がなくなる？」

「以前、自殺予防の活動のために仲間数人とともに樹海で保護活動をしたことがありました。その時、自殺志願者とすれ違うのですが、なぜかすれ違ったことに気づかないんです。それであとから仲間と話をしていて、『そういえば、あそこで誰かとすれ違わなかったか。あれは自殺志願者だったんじゃないか』と指摘されてようやく思い出す。もしかしたら自殺志願者はすでにあの世に片足を踏み入れて、この世の人ではなくなっているのかもしれません」

わかるような気がした。十年ほど前、こずえが行方不明になったとき、まさしくそんなことがあったのだ。あれだけ頻繁に連絡を取ってきていた彼女が、気がつくといなくなったかのように存在が薄らいでいたのである。

「それ、僕にも体験があります。実は、僕の知人に樹海へ行くと言い残して消えた子がいるんです。こずえという名前で……どうなったのかわかりませんが、彼女が失踪する前にもそんなことがあったんです」

そう言って私はこずえのことを話した。


こずえが行方不明になったのは、梅雨が近づいた頃だったろうか。

何度か会っているうちに、彼女からの連絡は増えるようになった。だが、それに反比例するように三月の終わり頃から、私たちはすれ違うことが増えた。夜に何気なく携帯電話を見ると、昼間に彼女の自宅から着信があったことに気がついたり、呼び出されても遠くにいたりして会うことができなかったのだ。たまたま横浜にいる時に、池袋から電話がかかってきて会えなかったこともあった。そんなことが五回、六回とつづくにつれ、次第に連絡の回数が減り、私の中でこずえの存在は薄らいでいった。

最後に彼女と会ったのは、いつだったか。記憶が間違っていなければ春の午後だ。机の上に置いていた携帯電話が鳴ったので出てみると、こずえの沈んだような声が聞こえてきた。一瞬誰だかわからなかった。彼女は、「しゃべりたい」と言った。「会いたい」ではなく、「しゃべりたい」だった。私は別の用があったが、心配になって予定をずらして会うことにした。

夕方、新大久保駅の改札口で会った私たちは近くのファミリーレストランに入った。

こずえは頼んだパフェも食べずに、窓の外が暗くなってもずっと必死に何かをしゃべっていた。だが、不思議なことに、別れて電車に乗って思い返してみると、彼女が何を話していたのか思い出せなかった。何か大切なことを聞いていたはずなのに、それがどういう内容だったのかまったく憶えていないのだ。彼女が身につけていた服も、顔も、そしてなぜか苗字さえも記憶から消えていた……。

　この日を境に、こずえからの電話は途絶え、私はこずえのことを一切考えることがなくなった。なぜ急にそうなったのかはわからない。夢で見た出来事を目覚めて忘れてしまうように、突然こずえの存在が私の中から消えてしまったのである。もしかしたら、すでに彼女は死への旅路を歩み出していたのかもしれない。

　次にこずえのことを思い出したのは、すっかり日が経ってからだった。前の年にこずえを紹介してきた風俗で働く女性から別の用件で電話がかかってきた。話し終えた後、彼女がこう訊いてきた。

「そういえば、私が前に任せた障害のある女の子、どうなったの？」

　最初、私はそれが誰のことかわからず、いい加減に返事をして電話を切った。だが、その後、池袋の地下道を歩いていた時、突然脳裏にこずえの存在が蘇《よみがえ》ったのだ。

　私は彼女がどうしているのか急に知りたくなって自宅へ電話をかけてみた。呼び出し音は鳴ってはいるものの、誰も出ない。何度も電話をかけているうちに、彼女がリストカットをしていたことを思い出し、彼女の身に何か起きたのではないかと心配になった。

電話がつながったのは、夜の八時過ぎだった。父親が出たのだ。私は父親の嗄《しゃが》れ声を聞いてすぐ、こずえが話していた「性的虐待」のことを思い出し、怒りが込み上げてきた。だが、ここでそれを言ってもどうにもならない。私はつとめて冷静な声で、こずえに代わってもらいたいと頼んだ。

だが、父親は「あいつなんか知らん。最近見ていない」と答えた。どういうことか。さらに尋ねても、「うちにはいない」とか「数日間どっか行った」などとちぐはぐな返答ばかりする。ついに私は逆上して強い口調で言った。

「何言っているんですか。こずえさんはそちらに住んでいるんでしょ。あの子を探しているんです。どこにいるんですか！」

さすがに父親は驚いたらしかった。少しまごついた後、こう答えた。

「実は、こずえは二カ月近く前に消えちまった」

「消えた？」

「ああ。手紙が残されてた。『樹海で死ぬ』なんて馬鹿げたことが書いてあった。死ぬなら死ねって感じだよ」

私は感情を抑えられずに言った。

「なに言ってるんですか！　それは遺書じゃないんですか」

「わかんねえよ」

「わかんないわけないでしょ」

「わかんねえったら、わかんねえ。あいつはこれまでに何度も同じようなことを言って家出してんだから」

なんて父親だ。私は頭に血が上った。

「とにかく捜してください。娘さんでしょ」

「おまえ、富士の樹海がどれだけ広いか知ってんのか。見つけられるわけねえだろ」

「警察に頼むとか」

「所沢の警察に『娘が樹海に行ったみたいなので捜してください』って言うのかよ。そんなことをして警察が動くわけねえだろ。あいつは昔から死にたがってばかりいたんだから放っておけばいいんだ」

私はいますぐ家に押しかけて父親を殴りつけてやりたかった。こうなったのは、おまえがこずえを虐待し、進学を認めず、追い込んだからではないか、と。だが、家の住所はわからなかった。

「もういいです」

私はそう言って電話を切った。頭の中で、「樹海」という言葉だけが何度も反響していた。それがこずえとの最後だった。


樹海を歩きながら、私はこずえについての記憶を語り終えた。坂本さんは足元を見ながら真っ直ぐに歩いていた。原生林の陰影が風の音に合わせて揺れている。

坂本さんは野道を歩きながら、つぶやくように言った。

「こずえさんは見つかったんですか」

私は「いいえ」と首を横にふった。電話をしてから一年後、実家に電話をしてこずえの行方を聞いたところ、父親に、まだ帰ってきてもいなければ、行方もわかっていないと言われたのだ。

坂本さんは顔色をうかがうように私を見てから、素直な感想を述べた。

「そうですか。自殺していないことを願うしかありませんね」

「一つ尋ねてもいいですか。樹海で亡くなる方って、この森の光景に何を思うんですかね」

坂本さんは周囲を見回してから答えた。

「わかりやすいものをお見せします。ついてきてください」

彼が向かったのは、森の中にある小さな丘だった。頂のあたりだけ木々が少なくなり、眩《まぶ》しい午後の陽が射している。小鳥のさえずりが響き渡っている。

坂本さんはどんどん坂道を上っていく。私は追いかけながら、丘の上に何かあるのですか、と尋ねた。彼は背を向けたまま答えた。

「大丈夫ですから、ついてきてください」

丘の上にたどり着いた。そこには、落ち葉にまみれて錆《さ》びついた簡易ベッドが置かれていた。脇にはカセットコンロが転がっており、周りに薬の包装紙が大量に落ちている。

自殺の跡にちがいない、と思った。わざわざ折りたたみのベッドを運び、カセットコンロで最後の食事を作った後、薬を飲んで眠るように死んでいったのだ。

坂本さんは手を合わせて言った。

「薬で自殺したんでしょうね。寝袋を持ち込んだり、飯盒《はんごう》でご飯を炊いて食べたりしてから自殺をする人は結構います。空になった寿司桶が転がっていることもよくありますね」

最後の晩餐《ばんさん》ということなのだろう。死のうとする寸前まで、体にはおいしいものを食べたいという欲望が残っているものなのかもしれない。

「坂本さんは、ここで誰かが自殺したと知っていたんですか」

「いいえ、なんとなく、そう思ったからです」

「なんとなく思った？　どうしてですか」

「陽だまりがあったからです。樹海に来た自殺志願者の多くは、せめて光の届く場所で死にたいと願うものなんです。だから、森で自殺遺体を捜す時は、一カ所だけ陽だまりになっているところへ行ってみる。そうすると、大抵自殺遺体か、その痕跡《こんせき》が見つかるものなんです」

丘の頂をぐるっと見回してみる。枝と枝の間からいく筋もの白い光が射し込んでいる。吹き込んでくる乾いた風が清々《すがすが》しい。

「なぜ、自殺志願者は陽だまりを望むのでしょう」と私は尋ねた。

「最期ぐらい、暖かい太陽の下にいたいんじゃないのでしょうか。彼らはそれまで何年も、暗い息のつまるような世界に押し込められていたのですから……」

それを教えられた時、私はこずえが樹海に来たのだとしたら、きっと陽だまりで死んでいったにちがいないと思った。理由はわからない。だが、なぜか直感的にそういう光景が浮かんだのだ。

樹木の間から風が吹きつけ、木の葉がざわめいた。空を見上げると、枝の間から射し込む陽光が目に沁《し》みた。

死ぬ日はいつですか

ガタンゴトン、ガタンゴトン……。

中央・総武線に乗った私は、電車の揺れる単調な音を聞きながら、窓の外を見ていた。古い雑居ビル、お堀端にある釣り堀、信号待ちのサラリーマンたち……いろんな光景が次々と過ぎ去っていく。

私は街並みに目をやりながら、ある老人のことを思い出していた。その老人と会ったのは、前の年に雑誌の依頼を受けて高齢者の生活保護について取材をしている時だった。名前は、木下さん。七十歳過ぎの男性だ。

練馬区の木造の小さなアパートに、木下さんは月に十万円程度の生活保護を受けて暮らしていた。小学校に上がる前に親戚の家へ養子として出され、中学卒業後は肉体労働を中心にして職を転々としていたらしい。三十代で結婚したもののすぐに離婚。九〇年代の後半に怪我をして仕事を失ってからは、生活保護に頼って生きてきた。娘が一人いるが、一緒に暮らしたのは一歳までで、それ以降は連絡さえ取っていないという。

中央・総武線の電車の中で、なぜ木下さんのことを思い出したのか。彼から唐突に尋ねられた言葉が耳に残っていたからだ。

――君は自殺するとしたら、いつにするかね？

私は自殺することなんて考えたことがなかったし、いつにするなんて訊かれても想像すらできなかった。

インタビューをしてから数カ月、私は質問のことも木下さんのことも忘れていた。九月のまだ蟬《せみ》が鳴く暑い日、たまたま彼を紹介してくれた人物に連絡を取ったところ、木下さんが五畳一間の家具のほとんどない部屋で一人で亡くなったと聞かされた。「自殺らしい」ということだった。

私は訃報を聞いて木下さんから投げかけられた質問を思い出し、彼は九月を選んで死んだのかもしれないと思った。だが、なぜ九月だったのか。いくら考えても、答えはわからずじまいだった。

それから一年ほど経ち、別の雑誌から老人の孤独死について取材してもらいたいと依頼を受けた。私はそれをしてみたら、木下さんの自殺についても何かわかるのではないかと思った。それで中央線に乗って、老人の孤独死や自殺に詳しい葬祭業者のもとへ話を聞きにいくことにしたのだ。

電車に揺られていると、車内アナウンスが流れた。「次は水道橋、水道橋」。私はバッグを持ちかえ、ドアが開くのを待った。

駅前の商店が並ぶ通りに面した雑居ビルに、その葬儀社は入っていた。エレベーターで上って入り口の前に立つと、中から線香の匂いが漂ってくる。床やドアはきれいに磨かれている。

この葬儀社は大手ではないぶん、顧客のニーズに応じたきめ細かな事業を展開しており、その一つが行政が引き取った遺体の直葬事業だった。通常は遺族が故人の葬儀を行うが、独居老人や身元のわからない人の遺体は行政が引き取り、遺族に代わって低予算で葬儀を行う。この葬儀社はそうした葬儀を請け負っていたのである。

オフィスに入ってすぐ、目に飛び込んできたのは無数の骨壺《こつつぼ》だった。壁に大きな棚があり、そこに数えきれないほどの骨壺が並べてあるのだ。棚に置き切れないものは、別に設けられた台の上に置かれている。

社員の男性はあっけにとられている私を見て苦笑いを浮かべた。

「うちの会社に来ると、みなさん驚かれます。実は、これらのご遺骨は引き取り手のないものがほとんどなのです。中にはどなたかわからないお骨もあります。何も身につけずに外でお亡くなりになったのでしょう」

骨壺には、太い字で大きく「不詳」と記されたものがある。これが身元のわからない人間の遺骨なのだそうだ。

社員の男性は私に椅子をすすめ、温かいお茶を出してくれた。机の上にはこれまで受けた取材記事のコピーが並べられている。インタビューには慣れているのだろう。私はバッグからノートとペンを取り出し、質問をはじめた。まず訊いたのは、お金のない独居老人が死亡した場合どのような方法で葬儀が行われるのかということだ。彼は答えた。

「引き取り手のない生活保護受給者や、身元不明のご遺体は、自治体が葬祭扶助の制度をつかって葬儀を行います。一人に給付される額はかなり低く、うちのような専門知識があったり、独自のルートがあったりする業者でないと難しいと思います」

市町村から出る葬祭扶助基準額は居住する地域によって多少異なり、「一級地及び二級地＝大人二十万千円、小人十六万八百円」、「三級地＝大人十七万五千九百円、小人十四万七百円」と定められている。この会社では決められた金額内で収めるべく、スタッフ数人で線香を上げて故人を弔い、火葬までを行っているらしい。この簡単な葬儀は「直葬」と呼ばれている。

　彼はつづけた。

「これらのご遺骨はお寺で預かって供養してもらうのが理想です。でも、最近はお寺に預けることすらできない状況になりつつあるのです」

「どういうことでしょう」

「自治体から出る給付金だけでは、火葬するのがギリギリで埋葬までは回らないことが多いのです。共同墓地に埋葬するにしてもお寺によっては数十万円かかってしまうので、完全に予算オーバーなのです。このため、納骨先がないという状況になっていて、自治体、葬祭業者、寺院がご遺骨を押し付け合ったりすることが起きています」

「押し付け合うとは？」

「自治体は一定額以上は出せないと言い張りますよね。一方葬祭業者は火葬までしたんだからどこかで預かってもらわなければならないと主張する。これに対して寺の方は埋葬は有料だから引き取れないと拒絶する。こうなると遺骨の行き場はなくなってしまいます」

「ひどい話ですね」

「葬祭業者や寺には遺骨を引き取る義務がありませんから、予算がない場合、最終的には自治体の方で預かることがほとんどです。ただ、自治体がちゃんとした霊園や納骨堂を所有していればいいのですが、そうでない場合は廃校になった学校を遺骨置き場にしたり、役所の職員のデスクの下に並べられたりします。置き場所がないんですよ」

「亡くなった方の尊厳も何もありませんね」

「まさにその通りです。だから、うちではできる限り預かるようにはしています。入り口の棚にあるのはそうしたご遺骨なんです。それでも、引き取れる数には限界があり、現時点ではこれ以上どうしようもないのです」

私はそれを聞きながら、木下さんのことを思い出した。彼は生活保護を受けており、引き取ってくれる家族はいなかったはずだ。おそらく遺体は、自治体が出した給付金で葬祭業者に引き取られ、火葬が行われたのだろう。遺骨はどこかに納めてもらえたのだろうか。

「今日は、自殺についてもお聞きしたいと思ってやってきたんです」

「高齢者の自殺ですか」

「はい。日本の自殺者の三割以上が六十歳以上の高齢者だといわれています。実際、私が以前お会いしたご老人も去年の九月に自ら命を絶ったそうです」

「九月ですか」

社員の男性はあからさまに表情を曇らせた。夏ともなれば、二日も経てば腐敗は相当進んでしまう。経験からその光景を思い出したのかもしれない。

「亡くなった老人が、私に不思議な質問をしたことがあったんです。『君は自殺するとしたら、いつにするかね』と。想像したこともなかったので、答えることができませんでした。自殺する人というのは、『いつ』ということを考えるものなのでしょうか」

社員は隣にいた同僚と顔を見合わせた。

「ご本人でないのでわかりませんが、考える方は多いと思いますよ。実は、この仕事をして何年も経って偶然気がついたことがあるんです。自殺する方って、誕生日に亡くなることが多いんですよ」

「誕生日に、自殺ですか」

「身元が明らかな方の場合、死亡診断書には命日が記されています。うちは葬祭業者として死亡診断書を預かるのですが、ある日自殺した方の命日と誕生日が同じであることに気がついた。それで『もしや』と思って調べてみたところ、少なくない人が誕生日に命を絶っていたことがわかったのです」

単純計算して誕生日に死亡する率は三百六十五分の一だ。意識的にその日を選んだのだ。

「誕生日のようなめでたい日に自殺をするんですか」

「めでたいと感じるのは、私たちのように家族や友人に囲まれて生きている人ですよね。独居老人の場合は、祝福されるべき誕生日もアパートで孤独に過ごさなければなりません。それはとても寂しいはず。それに耐えられなくなり、自殺をするのではないでしょうか」

毎年訪れる誕生日は、多くの人にとって親しい人に祝福される日だが、独居老人には自分が孤独であることを再確認する日でしかない。

私は木下さんの誕生日がいつだったのか知らない。だが、生活保護を受けて二十年近く一人で暮らしてきた彼にとって、誕生日は決して楽しい日ではなかったはずだ。

私の中で九月という月が、重く感じられた。

数日後、私は乃木坂《のぎざか》の駅からほど近いホテルのカフェにいた。すでに夕食の時間にさしかかっていたためか、あまり客が入っていない。この日は門脇さんという女性と待ち合わせをしていた。長らく老人養護施設や訪問介護の仕事をしてきて、今は大学にもどって研究をしているという人だ。

水道橋にある葬儀社で話を聞いて以来、私は木下さんが孤独な生活の中でずっと自殺を考えていたのかもしれないと思うようになった。老人は死ぬまで何十年もつづく同じ日々のくり返しの中で、生きることに希望を見出せなくなって自殺を考える。そこで彼らが考えるのは「いつにするか」ということなのだろう。

木下さんの場合、選んだのは九月だった。それは九月が彼の誕生月だったからなのだろうか、それとも別の理由があったのだろうか。私は高齢者の自殺に詳しい門脇さんに尋ねれば、もう少し何かが明らかになるかもしれないと考えていた。

門脇さんは待ち合わせの時間ちょうどにカフェに現れた。四十代の前半。ベージュのスカートをはいて、赤い縁の眼鏡をかけていた。編集者の紹介だったので、私が知りたいと思っていることはすでにつたえてあるはずだった。彼女が注文した紅茶が運ばれてくるのを待ってから、私はまず門脇さんが高齢者の自殺の研究をするようになった理由を尋ねた。門脇さんは足を組んでから答えた。

「老人養護施設のようなところでも、お年寄りの自殺があったことがショックだったんです。養護施設は、お年寄りにとって最後の拠《よ》り所であり、守る人たちもたくさんいるはずなのに、なぜ自殺が起きてしまうのか。その疑問があって研究の道に進んでみようと思ったのです」

「養護施設では、どのような方法で自殺が行われているのですか」

「ほとんどが縊死ですね。飛び降りも少しだけあります。施設のお年寄りはあまり動けないので、ベッドや手すりにひもを巻きつけてすわるような形で首を吊るのです。自殺の現場に立ち会うと、『なんで八十年、九十年生きてきてこんな死に方をするのよ』ってやるせなくなってしまいます」

「高齢者が自殺をする動機は何なんでしょう」

「一概には言えませんが、若い人と同じように鬱《うつ》みたいな状態になるんだと思います。することのない日々が死ぬまでつづいて、長生きすればするほど子供や孫、あるいは社会に迷惑をかけることになる。そんなふうに思って人生に終止符を打つんじゃないでしょうか」

　木下さんも同じだったのかもしれない。生活保護を受給して何もせずに過ごす生活は、社会の負担になる。あと十年、二十年、国に助けてもらいながら生きるぐらいなら、自分の手で区切りをつけようと思ったのではないか。

　門脇さんはゆっくりと紅茶を飲んだ。私は知りたかったことを尋ねることにした。

「では、高齢者の自殺時期に特徴はあるのですか」

私は木下さんとの出会いやその死についても詳しく話した。門脇さんはじっと耳を傾けてから答えた。

「自殺を考えているお年寄りなら、木下さんのように『いつ』と考えるのは普通です。私自身、介護をしていたお年寄りに同じように『いつ死ねばいいと思う？』と質問をされたことがあります。ある方には『この日って言ってくれたらそうする』なんて言われたこともありました。自殺のことを話題にする時点で、その人は半分ぐらい決心しているんでしょうね」

淡々とした語り口だった。高齢者にかかわる仕事をしている人にとっては格別驚くようなことではないのかもしれない。

「ある葬儀社にインタビューをした際、誕生日を選んで自殺する人が多いという話を聞きました。木下さんの誕生日が九月じゃなかったとしたら、他にどんな理由があると思いますか」

門脇さんはカップをテーブルに置いて答えた。

「九月だとしたら敬老の日じゃないかしら」

「敬老の日？」

「ええ。私が知っている中では、敬老の日に自殺したお年寄りが三人います。私が知っているだけで三人ってすごく多いと思いますよ。本来この日はお年寄りの長寿を祝う日ですが、自殺を考えているお年寄りは受け取り方が違うのでしょう。自分が祝ってもらえないことに孤独を感じて死のうと思ったり、家族へのあてつけとして敬老の日を選んだりするんだと思います」

「あてつけって……」

「社会へのあてつけとも言えるかもしれない。お年寄りは家族から邪魔者扱いされたり、社会から切り捨てられたりします。敬老の日に自殺することでそうした恨みを晴らそうとするんじゃないかな」

誕生日にせよ、敬老の日にせよ、一部の独居老人には孤独と恨みを象徴する日でしかないのかもしれない。だから、恵まれたお年寄りが大勢の人に囲まれて祝ってもらっている一方で、彼らは自ら命を絶っていくのだ。

私は気持ちを整理するためにハーブティーを口に運んだ。冷たくなってハーブの香りだけが強く残っている。私はカップを見つめながらつぶやいた。

「木下さんが亡くなった日が、誕生日なのか、敬老の日なのか調べてみようかな」

門脇さんはフッと苦笑した。

「そんなことしても意味ないんじゃないですか？　その方が生き返るわけじゃないんだもん」

「たしかにそうですけど」

「私が木下さんだったら、あなたみたいな人が気にかけてくれるだけで嬉しいと思いますよ。たぶん、亡くなった日が誕生日か、敬老の日かなんてどうでもいいのよ。それより、あなたが木下さんのことを考えてくれることの方が大切。だって、自殺したお年寄りってみんな寂しさの中で死んでいく人ばかりなんですから」

門脇さんの言葉がすっと胸に入ってきた。たしかに木下さんがした質問は、死後も忘れないでくれという訴えだったのかもしれない。事実、私は木下さんに自殺をほのめかされた日からずっと独居老人の孤独について思いをはせてきた。木下さんが願っていたことは、それだったのではないか。

門脇さんは組んでいた足をほどいてつぶやいた。

「木下さんか。どんな人生だったんですかね」

どんな人だったのだろう。二時間近くインタビューをしたのに、ほとんど憶えていなかった。

第三章　亡き人のための結婚式

婚礼人形

青森にある「婚礼人形」というものをご存じだろうか。私がこの不思議な風習のことを耳にしたのは、ある年の秋の終わり、肌寒い雨の日のことだった。

その夜、私は南千住で取材を終えた後、駅前の女将《おかみ》が一人でやっている古風な居酒屋の狭いカウンターに腰かけていた。隣には仕事で一緒だった三十代の女性編集者がすわって、雨に濡れた髪をふいていた。カウンターの向こうでは大きな鍋に入ったモツ煮込みがコトコトと音を立てて湯気を上げている。

焼酎を飲みながら話をしていると、女性編集者の方から唐突にこんなことを言ってきた。

「石井さん、婚礼人形って知っていますか？　東北地方にある伝統的な風習なんだそうです」

かつて民俗学の本で読んで青森県にそんな風習があるのを知っていた。両親は独身の子供を失うと、その子があの世で独りぼっちで寂しい思いをしているのではないかと心配する。そこで両親はある風習にのっとって天国で結婚式をひらき、子供に夫や嫁をもたせてあげる。その風習が死後婚と呼ばれるもので、花婿と花嫁姿の男女一体ずつの人形をガラスケースに納め、決まったお寺に奉納する。それがあの世での結婚式になるのだ。

「本で読んだことはあるけど、その人形がどうしたの？」と私は言った。

「実は、うちの両親が何かのきっかけでその伝統を知って、自分たちも奉納したいと言い出しているんです」

「誰か亡くなったの？」

「ええ。うちの親は若い時に、息子を亡くしているんです。私の弟にあたる子です。生まれつき心臓が弱く、生後数カ月で病気が悪化して死んでしまったみたい。私も記憶がおぼろげだし、あまり聞いちゃいけないと思ってまともに尋ねたことがないんだけど、生きていたらもうすぐ三十歳になります」

実はこの居酒屋に入る前、私たちは生活保護を受けている初老の男性にインタビューをし、二人の子供を自殺と事故で立てつづけに失って生きる希望をなくしたという話を聞かされた。おそらく女性編集者は、同じように子供を失った経験のある両親のことを思い出したのだろう。

彼女は、焼酎のお湯割りを飲んでからつづけた。

「でも、うちの親は埼玉に住んでいるのに、なぜ今になってそんなことを言い出したんだろ。急に婚礼人形だなんて」

「具体的にはどう言われたの？」

「土曜日の夜にご飯を食べていたら電話がかかってきて、『ねえ、青森に亡くなった人を結婚させるお寺があるそうなんだけど知っている？　俊平のためにその式をしてあげたいんだけど相談に乗ってくれないかな』って言われたんです。母もよくわかっていなかったみたい。もちろん、両親にとってみれば死んだ弟のことはずっと憶えているんだろうけど、なんで今更って感じ」

俊平というのが死んだ弟の名なのだそうだ。カウンターの向こうでは、七十歳前後の女将がさいばしでモツ煮込みをかき混ぜている。

私は言葉を選びながら答えた。

「子供を亡くしてから三十年間、ずっと何かが胸に引っかかっていたのかもしれないね。ご両親にはご両親にしかわからないことがあるし。人形の奉納は、本当にやることになりそうなの？」

「親が本気で望んでいるのなら、そうなるだろうし、私も手伝うことになると思います」

彼女はグラスを手にしたまま、カウンターの向こうを見ていた。彼女自身もなぜ両親がそんなことを言い出したのか今一つ理解しかねているようだ。

私は黙ってグラスの残りを飲んだ。カウンターの向こうでは、相変わらずモツ煮込みの鍋がグツグツと煮立っていた。

それから二年半が経ち、季節は暖かな春になっていた。ゴールデンウイークの前半、私は一人で青森県の五所川原《ごしょがわら》市に向かった。ある取材で、数日町に滞在することになっていたのである。

青森の桜の開花時期は東京より一カ月ほど遅く、ちょうどゴールデンウイークの今が見頃だった。五所川原市は市街地を一歩外れると、畑や林が広がる田舎町だが、車で少し行けば桜が咲き誇っているのを見ることができた。桜吹雪が地平線のはるか先まで舞っている。

そんな日の午後、取材相手の都合で四時間ほど空き時間ができた。どうしようかと迷っていたところ、ふと二年半前に居酒屋で聞いた青森にあるという婚礼人形のことを思い出した。調べてみると、車で一時間ほどの距離に人形を奉納する寺があることがわかった。これなら空き時間の間に行って帰って来られる。私はそう思い立ち、カーナビに寺の住所を入力して向かうことにした。

林に囲まれたなだらかな坂道を上っていくと、「川倉賽《さい》の河原地蔵尊」と書かれた木造の門が立っていた。賽の河原とは死んだ子供が行く三途《さんず》の川の河原のことで、子供たちは早くに死んで親を悲しませた罪滅ぼしのために小石をつみあげて塔をつくることになっている。だが、塔が完成する直前に鬼がやってきて小石を蹴散らしてしまうので、子供たちは永久に塔をつくりつづけなければならない。幼くして親より先立った子供の罪深さを示す言い伝えだ。

古めかしい門をくぐると、林に囲まれるようにして寺が立っていた。ちょうど丘の上に建っており、坂道を下っていけば麓《ふもと》に広がる芦野湖《あしのこ》にたどり着く。その坂道の途中には、数百、いや数千という二十センチほどの石地蔵があちらこちらに安置されていた。みな似たような方を向いて立っている。死んだ子供の魂を祀《まつ》っているのだ。

しゃがんでのぞき込んでみると、地蔵の顔はそれぞれはっきりと違った。笑っているようなものもあれば、怒っているようなものもあり、中にはのっぺらぼうのように目鼻がないものもあった。誰が着せたのか、地蔵たちの体には布が着物のように巻かれている。周辺には、プラスチック製の風車がこれまた何千本と立てられており、春風が吹きつける度に、カラカラと音を立てて回転している。

ここらの言い伝えによれば、賽の河原の地面を掘ると子供たちの魂がじゃれ合って遊んでいる笑い声が聞こえてくるという。つまり、死んだ子供たちの魂が集まる場所なのだ。地元の人々はその話を信じ、子供たちの魂を喜ばせようとして風車をつくったのだ。風車の回転する音につつまれているうちに、自分がどこに立っているのかわからなくなる。

私は気を取り直して、寺の敷地内の「地蔵尊堂」と記された建物に入ってみることにした。ガラス戸を引いて中に足を踏み入れると、黴《かび》と埃《ほこり》の臭いのする冷たい空気が押し寄せてきた。正面に祭壇があり、その裏のひな壇のようなところに無数の地蔵が並べられていた。外の小さな地蔵とは違って、一体一体名前と年齢が記され、五十音順に置かれている。親が死んだ我が子の名前をつけた地蔵を奉納しているのだ。

さらに奥へと進んで、思わず目を疑った。小さなスニーカーや学生服、それに玩具《おもちゃ》などが山積みにされていたのである。すべて死んだ人たちの遺品にちがいない。昭和初期に持ち込まれたと思われるような古いものもあり、草鞋《わらじ》や下駄、それに色褪《いろあ》せた七五三の着物なども交じっている。強烈な黴の臭いにむせ返りそうになる。

私は膨大な量の遺品を前にして、子供を失った親の悲しみを思わざるを得なかった。親は溺愛《できあい》する小さな子供を失い、精一杯供養してあげようとした。それが数多《あまた》の地蔵や遺品を奉納することにつながったのだ。この異様な光景は、子供を亡くした親たちの思いの蓄積なのだ。

胸がしめつけられるような気持ちになりながら、ゆっくりと歩いていくと、途中で二体の人形が入ったガラスケースが置かれているのが目に止まった。人形は男女一体ずつで、それぞれ婚礼衣装を着ている。私は一目見て「死後婚を表す人形だろう」と思った。

よく見ると、別のところにもガラスケースに入った婚礼人形がいくつも置かれていた。親は人形が自分たちの子供であることを明確にさせたいのか、ケースにフェルトペンなどでしっかりと住所や電話番号まで記している。青森県内ばかりでなく、遠くは九州や四国の住所も記されている。

どこに暮らしていようとも、親が子供を思う気持ちは変わらない。彼らは青森に死後婚の風習があると聞き、すがる思いで全国からここまでやってきたのだ。

外からは、何千という風車の回るカラカラという音が聞こえてくる。隙間風が吹き込む度に、遺品についた黴の臭いと埃が部屋に舞い上がった。

その夜、私は五所川原駅前の居酒屋で食事を済ませてから泊まっていたビジネスホテルに帰った。バスルームでシャワーを浴び、ベッドに横たわっても、寺で見た婚礼人形や数々の遺品が頭から離れなかった。

思い出すのは、二年半前に居酒屋で話を聞いた女性編集者のことだ。彼女の両親も亡くした息子の死後婚を望んでいた。実際に人形を奉納したのだろうか。考えれば考えるほど、うまく寝付けそうにもない。

私はベッドから起き上がって携帯電話を手に取り、女性編集者に電話をかけてみることにした。彼女とはしばらく仕事をしていなかったが、人形のことを確かめずにはいられなかった。

遅い時間だというのに、女性編集者は電話に出てくれた。私は非礼をわびると、二年半前に居酒屋で聞いた話を思い出し、今日青森の川倉賽の河原地蔵尊を訪れたことを話した。彼女は苦笑して答えた。

「よく憶えていてくれましたね。あの後のこと報告しなくて申し訳ありません。実は奉納はしなかったみたいなんです。ただ、お参りだけはしたいということで去年恐《おそれ》山《ざん》に二人で行きました。あそこにも賽の河原があるんですよね。本人たちはいい経験だったと言っていました」

　夜なのに、電話の向こうで洗濯機が回る音がしている。帰宅してからたまっていた洗濯物を片づけていたのかもしれない。私はペットボトルの水を飲んでつづけた。

「でも、なぜご両親は死後三十年もの歳月が経ってから、亡くなった弟さんの供養をしようとしたんだろうね」

　女性編集者は十秒ほど沈黙してから答えた。

「両親は、弟を失ったばかりの時はそれどころじゃなかったのだと思います。弟が死んでから、母は鬱《うつ》みたいな状態になってしまって何年も寝たきりになり、父もそんな家庭が嫌でほとんど帰ってこなくなりました。二人とも若かったから……家庭がボロボロで弟の死に向き合う余裕がなかったのかも」

　彼女はそこで言葉を切り、しばらく黙ってからつづけた。

「両親の関係が少しずつ良くなったのは、私が私立中学の受験に合格してからのことでした。お嬢様校として知られている名門だったのでとても喜んでくれて、あっちこっちに自慢して回るようになった。それが家庭を立て直すきっかけになったんじゃないかな。それから二人は、少しずつ昔のような暮らしにもどっていったけど、弟のことについてはほとんど触れようとしなかった。少なくとも私の前では一度も口に出したことはありません」

「前を向くために考えまいとしていたのかな」

「そうだと思います。しかし、私が就職して家を出ていくと寂しくなったのでしょうね、両親は頻繁に『いつ結婚するんだ』『そろそろ孫の顔が見たい』と言ってきました。たぶん、周りの友達の子供が次々と結婚し、孫をつれて帰ってくる姿を目にして、自分たちも孫を望むようになったのでしょう」

親としては自然な気持ちだろう。彼女はつづけた。

「でも、私は出版社に勤めているので、なかなか結婚なんて考えている暇がなくて。ついつい面倒になって『私、結婚なんてしないから』と答えたことが何度もありました。やがて両親は結婚の話をしなくなりましたが、代わりに『俊平が生きていたら、お嫁さんを見つけて孫をつくっていただろうな』なんてつぶやくようになって。そんな折に、『あの世で俊平が寂しい思いをしているにちがいないから、結婚をさせてあげたい』と言い出したのです」

友人や同僚の子供が次々と結婚して孫を持ったりするのを見ていれば、死んだ我が子が永遠に独りぼっちなのを憐《あわ》れに思うようになる。その気持ちが「あの世での結婚」への願いにつながったのだ。

「死んだ息子が生きていたら孫ができるような年齢になって、あらためて子供の死に対する悲しみが膨らんできた。考えようによっては、残酷な話だね」

「そうですね。でも、親からすれば、子供を失った悲しみが消えてなくなるなんてことはないんだと思います。生きている限り、節目節目で供養することで自分を納得させていくしかないんじゃないかな」

私はそれを聞きながら、この日川倉賽の河原地蔵尊で目にした無数の人形や地蔵のことを思い出した。

人は子供を失ったとしても、生きていく限りどこかで悲しみを覆い隠すことを強いられる。だが、彼らは悲しみから目をそらすことはできても、完全に癒すことはできない。だからこそ、何年、何十年経っても、何かの折に亡き子供のことを考え、何とかしてあげたいと思うようになる。あの寺に奉納されていた数えきれないほどの人形、遺品、地蔵は、そうした親たちの隠された思いの塚なのだ。

電話の向こうから聞こえていた洗濯機の回る音がいつの間にか止まっていた。女性編集者は長い沈黙の後に、言った。

「恐山に行ったことで、うちの両親も弟のことに一区切りつけられたんだったらいいな。とりあえず、できる供養はしてあげたと思えたはずです」

「そうだね。それに、きっと親のそうした気持ちは百年前だろうと、今だろうとそんなには変わらない」

「最初に死後婚のことを聞いた時はギョッとしました。でも今は、恐山みたいな場所に、いろんな風習が残っているのはいいことなんじゃないかなと思っています。それで整理がつく感情というものもあるはずだから」

私は「そうだね」とうなずいた。

ムカサリ絵馬

　四月の終わり、私は宮城県仙台市でレンタカーを借り、山形県東根《ひがしね》市に向かっていた。山間部に入ると、森の真ん中を突っ切る一本道をひたすら進むだけの道のりになる。春の森は深緑に覆われており、透き通った空気の中で虫たちの鳴き声が合唱のように響いている。

　私が目指していたのは「黒鳥観音《くろとりかんのん》」という名の古い寺だった。青森の死後婚は婚礼人形を奉納することになっているが、山形県では結婚式の様子を絵に描いた絵馬を寺に納める風習があるという。それを「ムカサリ絵馬」と呼ぶ。ムカサリとは山形県の方言で「婚礼」のことなので「婚礼絵馬」という意味だ。私が目指していた寺は、そのムカサリ絵馬を奉納することで知られていた。

　森と畑が交互につづく道を抜けると、黒鳥観音がひっそりと建っていた。最上《もがみ》三十三観音の第十九番札所であるが、実際は山奥に埋もれた古いお堂といった様相だ。鳥居をくぐった先には観音堂があり、その周囲には「南無観世音菩薩《なむかんぜおんぼさつ》」と記された赤い幡《はた》がはためいている。

私は蜘蛛の巣や羽虫を手で払いながら観音堂の前に立った。黒ずんだ扉は虫に食われて穴が空いている。そっと扉を開けた途端、私は息をのんだ。六畳ほどの室内の一面に、婚姻の様子を描いた絵や写真が隙間《すきま》もなくかけられていたのである。

絵馬に描かれているのは、古めかしい和服姿の男女が式を挙げている絵、式場へと仲良く歩く新婚夫婦の絵、出征する夫を見送る妻の絵など様々だ。他にも、故人の写真が八十センチほどに引き伸ばされ、立派な額縁に納められているものもある。

畳は、入り込んできた何十匹というカメムシで黒く染まり、歩くたびに足裏でそれがつぶれる感触がしたが、ムカサリ絵馬はそれが気にならないくらい圧倒的な威圧感を放っていた。

入り口で音がしたと思うと、この観音堂を管理している初老の男性が現れた。五十代ぐらいのやせ形で物静かな人だった。彼は中を見回し、表情を変えずに言った。

「今年は異常なほどカメムシが繁殖しているんです。特に今の時期はひどい。触ると臭いがつくので気をつけてください」

すでに私の足の裏にはカメムシの体液が付着し、鼻を塞《ふさ》ぎたくなるような悪臭が漂っていた。

管理人の男性はつづけた。

「ここに飾られているものは、すべてムカサリ絵馬です。明治時代に生まれた風習で、親が未婚のまま死んでいった子供を憐れみ、あの世で結婚させてあげたいと思って婚礼の絵を描き、ここに納めるのです。同じようなお寺は、若松寺、小松沢観音など県内に十カ所ほどあります」

ムカサリ絵馬がどのようにして生まれたのかは明らかにされていないが、明治時代に庶民の間で婚礼における三三九度の絵を描いて奉納したところからはじまったのではないかといわれている。その後は様々なムカサリ絵馬が登場し、男女が横に並んでいるだけの絵や、夫婦が庭で語り合っている絵などもつくられ、やがては合成写真によって亡くなった子供に婚礼衣装を着せて架空の結婚相手をその横に描いたものまでできた。

ただし、明治から昭和の初期まではムカサリ絵馬の風習は広い地域に根ざしたものではなかった。地元の特殊な風習として細々とつづいていただけで、遠方からムカサリ絵馬をつくりにくるという人はあまりいなかったのである。それが、あることを境にして急激に広まることになった。

「ムカサリ絵馬を奉納する人が増えたのは、太平洋戦争がきっかけでした。戦争では十代から二十代前半の若者たちが次々と駆り出されてお国のために命を失っていきました。親は健康に育ちながら死んでいかなければならなかった息子が不憫《ふびん》でならなかったのでしょう。それで戦死した息子を供養するために、我が子があの世で結婚できるようにとムカサリ絵馬をつくって奉納するようになったのです」

「なるほど。戦争のせいで、死ななくてもいい若者が命を落とすことになった。それによって親の無念さが膨れ上がってムカサリ絵馬の拡大につながったということですね」

「はい。太平洋戦争の末期に次々と戦死公報が家族のもとに届くようになった頃から、終戦後十年間ぐらいが急増した時期だったのではないでしょうか」

ムカサリ絵馬には、故人の死亡年月が記されていた。一つ一つ見ていくと、たしかに昭和十九年、二十年といった戦時中の日付から昭和三十年代ぐらいまでが多い。

実際、この頃につくられたムカサリ絵馬の中には、出征する光景を描いたもののもあった。駅のホームで出征する兵士を花嫁が見送っていたり、神社での結婚式で男性だけが軍服を着ていたりする。絵を見る限り、みんな若い青年ばかりだ。中には十代と思《おぼ》しき面影を残した兵士も描かれている。

私はこうした絵馬や遺影を見ているうちに、二〇一一年に起きた東日本大震災の取材の最中に出会った五十代の男性のことを思い出した。その男性は津波によって二十歳ぐらいの息子を失っていた。避難所でインタビューをした時、男性は息子の遺影を私に見せて涙をこらえながらこう言った。

「この子は病気がちで体が弱かった。きっとガールフレンドもいなかったはず。女性のぬくもりも知らないまま死なせてしまったのは悔やんでも悔やみきれない」

若者の性に対する憧憬《どうけい》にはただならぬものがある。父親は一人の男としてそれをわかっていたからこそ、女性を知らずに死んでいった息子を憐れんだのである。

六十数年前に息子を戦争で失った親たちも同じ気持ちだったのだろう。多くの若者が女を知らぬまま戦地へ赴き、戦死していったはずだ。父親はそんな息子の死にやるせない思いを抱き、せめてあの世で素敵な女性を妻として娶《めと》ってほしいと願い、ムカサリ絵馬を奉納したにちがいない。

ムカサリ絵馬を一つずつ見ていくうちに、私はふとあることに気がついた。絵馬の隅や裏に書かれた「享年」を見ていたら、戦死と思しき十代や二十代の他に、四十代、五十代の人も含まれていたのだ。なぜ中年男性のムカサリ絵馬がつくられることになったのか。私は管理人の男性に尋ねた。

「四、五十代の方もいるようですが、同じように独身で亡くなって親が死後婚をさせたということですか」

管理人の男性は絵馬に書かれた男性の年齢を見て初めて気づいたような顔をした。

「あれ、本当だ。女性に縁がなかったのでしょうかね。親もずっと心配していたのかもしれません」

私はもう一度絵馬に目を向けた。花嫁は二十歳ぐらいなのに、花婿は五十を過ぎている。どことなく不自然な絵を見ているうちに、ふと、この男性は同性愛者だったのではないかという思いがよぎった。

男性にも女性にも同性しか愛せない者はいるし、肉体の性と精神の性が異なる性同一性障害の人もいる。今という時代の中でこそ彼らはそれを公言したり、認めてもらえたりしているが、かつてはそうではなかった。特に東北の保守的な農村では、自分の性的志向を隠したまま、親に勘当されてでも独身を貫いた者もいた。そういう男性が死んだ時、年老いた親が何も知らぬまま、せめてあの世で結婚させてあげたいと思ってムカサリ絵馬をつくったこともあるのではないか。

私は複雑な気持ちで絵を見た。もしこの男性が同性愛者だったとしたら、死後婚をさせられたことをどう思っているのだろうか。

同じ山形県の東根市内にムカサリ絵馬の絵師がいると教えてくれたのは、ムカサリ絵馬を奉納する寺の一つだった。

その寺の僧侶《そうりょ》によれば、ムカサリ絵馬は遺族が描くのがもっとも良いそうだ。だが、絵に自信がない人は第三者に頼んで描いてもらうこともできる。山形県内には何人かムカサリ絵馬だけを描きつづけている絵師がおり、遺族の希望を聞きながら結婚式の風景を描くのだという。早速連絡を取ってみたところ、話をしてもらえることになった。

その絵師の家に到着したのは、昼の少し前だった。田畑に囲まれて何軒か家が建つ中で、ひときわ新しく、立派な建物だった。ムカサリ絵馬の絵師である知佳子さんは愛犬とともに迎えに出てきてくれた。三十九歳のわりには若く見え、今は離婚して小学生の娘二人とともに暮らしているのだという。

「こんにちは。わざわざ遠いところからありがとうございます」

ムカサリ絵馬の絵師というとおどろおどろしい印象があったが、本人は笑顔で、どこにでもいる主婦のようだった。

だが、家の中に入ると異様な光景が待っていた。玄関の先の和室の応接間には、ひな壇のような巨大な神棚が設けられていたのだ。両脇に置かれた蠟燭《ろうそく》は一・五リットルのペットボトルほどの大きさがあり、火がゆっくりと揺らめいている。奥に飾られているのは、曼荼羅《まんだら》のような絵や日本ではあまり見かけることのない法具だ。

私は驚いて言葉を失って立ちすくんだ。絵師というより、呪術《じゅじゅつ》師の家を訪れたような気持ちだった。私は知佳子さんにお祓《はら》いのようなこともしているのかと尋ねてみた。彼女は笑顔で答えた。

「いいえ、私は単なる絵師で、除霊とかは一切できません。そういうことはここへんに暮らす『おながま』にやってもらうことになっているんです」

「おながま」とはこの地域でいう霊媒師のことらしい。知佳子さんはあくまで絵師であって、除霊などを担うのは地元の「おながま」の役割なのだという。絵師と霊媒師とでは厳密な線引きがあるようだ。

私は座布団の上にすわると、出してもらったお茶を飲みながらさっそくムカサリ絵馬の絵師になった経緯を尋ねた。なぜこんな特殊な絵を描くようになったのか、と。

知佳子さんは山形訛《なま》りの言葉で答えた。

「もともと絵を描くのは好きでした。絵描きさんになりたいって考えたこともありません。ただ、ムカサリ絵馬をもともと知っていて目指したわけではありません。絵師になったのは、私の小さな頃の霊体験がもとになっています」

彼女は県内の小さな町で三人姉妹として生まれたが、姉妹全員が子供の頃から不思議な体験をすることが多かった。外を歩いていると、電信柱の陰や空き地の隅に、死んだ人間が立っているのが見えたりするのだ。

体験した奇妙な出来事を挙げればきりがないが、思い出に残っているのは、これまで二度遭遇した兵隊の霊だ。最初に見たのは子供の頃だった。

当時、親戚の一人が突然目を病んで、病院へ行っても治らず苦しんでいた。どうして治癒しないのかとみな不思議に思っていた。そんなある日知佳子さんは、目を怪我した兵士の幽霊がその親戚のそばにじっと立っているのを見た。彼女は直感的に、この霊が災いをもたらしているんだ、と思った。

「目の悪い兵隊さんがずっと立っている。あの兵隊さんのせいで、目の病気が治らないんじゃないかな」

親戚は半信半疑だったが、かといって他に治療の術《すべ》もないので、地元の「おながま」のところへ行って除霊をしてもらった。すると不思議なことにあっという間に目の病気が治った。

次に同じ兵士の幽霊を再び見たのは、二十七歳の時だった。その頃、知佳子さんは結婚をし、初めての子供をお腹に宿していた。つわりが終わり、お腹のふくらみが目立つようになって間もなく、どこからともなく男性の声が聞こえるようになった。

「まなごがめね（目が見えねえ）」

そんな声だった。母親に相談したところ、「昔、親戚に憑《つ》いた目を怪我した兵隊の霊の声ではないか」と言われた。妊娠している身に何かあれば一大事だ。

知佳子さんは母に勧められるままに絵馬を寺に奉納した。すると、それまで聞こえていた男性の声がぴたりとやんだ。彼女はやはりあの声は兵士の霊だったのだと思う一方で、絵馬にそれまで知らなかった霊験があることに気づいた。

知佳子さんがムカサリ絵馬の存在を知ったのは、まさにそんな頃だった。もともと彼女は地元の伝統文化にはあまり興味がなく、ムカサリ絵馬のことはまったく知らなかった。ある日テレビを見ていたところ、偶然にもムカサリ絵馬についての番組が放映された。絵馬に対して関心を抱いていた時期でもあり、食い入るように見た後、こう思った。

――ムカサリ絵馬を描いてみたい。自分には霊を見る能力があるし、子供の頃からずっと絵に興味があり、練習もしてきた。ムカサリ絵馬を描くことで人の役に立てるのではないか。

寺に赴いて絵師になりたい旨をつたえた。寺の住職は一通り話を聞くと快諾し、遺族を紹介してくれることになった。以来、今に至るまで寺を介して依頼を受け、ムカサリ絵馬を描いているのだそうだ。

知佳子さんは、絵の描き方についても言及した。

「お寺を通して紹介されるお客様は、山形県以外の方も多いですね。関東とか関西とか。九州の方もいらっしゃいました。お客様はムカサリ絵馬をつくりたいけど、どうやっていいかわからないので、まずお寺に相談をするんです。そのお寺から私を紹介してもらうことがほとんどです」

「絵については、どういうイメージで描くのですか」

「依頼を受けた場合、まずお客様から故人の写真を送ってもらうことにしています。写真を通して故人をじっと見ていると、その方が浮かびあがってくるように感じるんです。声だけが聞こえてくることもある。そして故人から直接『こういう結婚式がいい』と頼まれる。声は聞こえなくても、願望が直接頭の中につたわってくることもあります。ある女性はウエディングドレスがいいと訴えてきたし、別の女性は着物で和風の式を挙げたいと言ってきた。私はそれにしたがって婚礼の絵を描くのです」

「写真を通して故人の求めていることを察して、それをムカサリ絵馬にするということですね」と私は訊いた。

彼女はうなずいた。彼女にしかわからない感覚の中で行っているのだろう。私は質問をつづけた。

「故人の姿は写真を見て描けるとしても、結婚相手は誰をモデルにするのでしょうか。それも同じように故人が頼んでくるのですか」

「これも亡くなった方によって違います。こういう相手がいいと頼んでくる人もいるけど、逆に寡黙な人だと黙っていて教えてくれない。そんな時は、私の好きなタイプの男性や女性を描くことにしています。でも、大体描いていると途中で注文をつけてきますね。『やっぱりこういう男性が良い』とか『このあたりをもう少しかっこよくしてくれ』とか。特に若くして亡くなられた女性の場合は、男性の容姿に対する注文は厳しいです」

知佳子さんはそう言いながら、思い出に残っているムカサリ絵馬についての話をしてくれた。

ある日、彼女がいつものように家で家事をしていたところ電話が鳴った。出てみると、鹿児島県に暮らす女性からで、ムカサリ絵馬を描いてほしいという依頼だった。

知佳子さんはわけを訊いてみた。

話によれば、依頼主の女性は、かつて姉を失ったのだという。姉は十九歳の時に自殺したのだ。だが、何十年も経った今になって、突然姉の霊が彼女の家の玄関に現れるようになった。依頼主の女性は困り果てて、地元の霊媒師に相談してみた。すると、こんなふうに言われた。

「お姉さんは未婚で亡くなったでしょう。彼女はいまだに結婚をしたいと望んでいて、それでこの世に出てきているようです。東北に死後婚の風習があるので、それによってお姉さんを供養してあげてください」

それで彼女は知佳子さんの連絡先を探し当てて電話をしてきたのだという。

知佳子さんは依頼を受け、いつもと同じように故人の写真を送ってもらうことにした。数日後、鹿児島から送られてきたのはまだ若い女性の写真だった。知佳子さんがじっとそれを見つめてムカサリ絵馬を描きはじめようとすると、故人が次々と結婚式に関する注文をつけてきた。ウエディングドレスはこういうデザインにしてほしい、髪はこういう風に結ってもらいたい、相手の男性はこういう感じでなければ嫌だ……応えるのが大変なぐらいだったという。

知佳子さんは当時をふり返って語った。

「鹿児島の依頼者からは、なぜお姉さんが自殺したのかは聞いていません。もしかしたら好きな男性との恋愛に破れて自ら命を絶ったのかもしれませんね。そういう女性は結婚に対する思いが非常につよいので、ムカサリ絵馬を描く時にいろんな要求をしてくることがあるのです。それにしてもこの方の婿に対する望みは驚くほどでした。そこまで結婚に夢を抱いていたのでしょう」

　知佳子さんがどのような形で死者からの声を感じ取っているのかはわからない。だが、失恋が原因で自殺をしたのだとしたら、結婚に対する願望は並々ならぬものがあるのだろう。

　私は尋ねた。

「僕には霊感がまったくないので詳しいことはわかりません。その上であえて訊きたいのですが、絵馬を描くたびにそんなふうに死者の思いを背負っていたら、心が沈んでしまうことはないのですか」

　知佳子さんは微笑んだ。

「多くの場合は、私が絵を描き終わった時点で霊は離れていきます。完成するまでのお付き合いなのです」

　なんとなく言っていることが理解できた。私もまた取材で重いテーマを背負うことはあるが、不思議と原稿を書き終えた時点で役割が終わったものとして解き放たれることがある。おそらくそれに近いことなのだ。

ただ、彼女はこうもつづけた。

「でも、そうじゃない場合もあります。違う霊がついてしまったり、変な思いがくっついてきたりすることがあるのです。そんな時は絵馬を描き終えても離れてくれないので、『おながま』のところへ行ってお祓《はら》いをしてもらうことにしています」

「おながま」とは先ほど教えられた地元の霊媒師のことだ。

「そこまでするのはなぜなのでしょう。楽なことではありませんよね」

「そうですね。遺族のために自分ができることって何かなって考えた時、私の場合は絵を描くことだった。それだけかな。今はできるだけこの仕事をつづけたいと思っています」

私には霊の世界があるのかどうかはわからない。だが、ムカサリ絵馬を奉納したいと思っている人にとっては、知佳子さんのように親身に考えてくれる人が貴重な存在であることは間違いないはずだ。

翌日、私はもう一人、ムカサリ絵馬の絵師を尋ねた。

三條よう子さんという名前の女性で、年齢は知佳子さんより一回り上の五十五歳だ。

よう子さんは山形県の出身だが、今は宮城県の名取市に暮らしている。長らく東日本大震災の取材をしてきた私にとって名取市は、津波によって甚大な被害を受けた被災地の一つという印象だ。幸い彼女の家がある地域まで津波は押し寄せてこなかったものの、市内では約千人の死者・行方不明者が出た。

JR名取駅から車で少し行った場所にある骨董品店で待ち合わせることになっていた。この店は古物商であるよう子さんの夫が経営しており、その裏に建てられた「祈《き》禱所《とうじょ》」で話を聞かせてもらう約束だった。車を降りて店の中に入ると、夫婦でつくったという巨大な仏像が置かれていた。二メートルぐらいあるだろうか。紙製だというが、一見したところでは木製にしか思えない出来栄えだ。

よう子さんは私を座布団の上にすわらせると、お茶を淹《い》れながら言った。

「仏様だけでなく、ここにある装飾品はほとんどすべて紙でつくったものなんですよ。私も夫もこういうことに関しては器用なんです」

夫が骨董品店を経営する傍らでよう子さんはパートに出て生活を支えているらしい。

私は部屋中に飾られている紙製の仏具を見回して尋ねた。

「仏教にはお詳しいんですか」

「実は、夫は僧なんです。もともとムカサリ絵馬で有名な若松寺で修行していたんですよ。そのつながりで、私も絵師になったのです」

若松寺といえば、ムカサリ絵馬の奉納数では一、二を争う寺で、絵馬の保存状態も極めていい。私はよう子さんが絵師になった経緯を尋ねてみた。

話によれば、よう子さんは二十六年前、自分の子供をわずか一歳三カ月で失ったという。心臓病だった。その後、彼女は失意に暮れながら主婦として暮らしていたが、ある日、夫が若い頃に修行していた若松寺の先輩僧の妻からこんな話を持ちかけられた。

「あなたは子供を失った経験があるから、同じ立場の人の気持ちがわかるでしょ。よければ、絵師としてムカサリ絵馬を描いてみない？」

これまで若松寺から依頼を受けていた絵師が高齢になり、仕事を引き受けられなくなっていた。そこで絵がうまいと評判だった彼女に白羽の矢が立ったのである。

よう子さんは少し考えたいと即答を避けた。自分につとまるような仕事ではないという思いがあった。だが、四年、五年と月日が流れるうちに、仕事というより、お寺や遺族の力になれるのならばやれるだけのことはやるべきかもしれないと考えるようになった。そして話を持ちかけてくれた女性に連絡し、絵師になりたいという思いをつたえたのである。以来、一つの絵馬につき一律二万円で受けているという。

私が知りたかったのは、よう子さんがどのように死後婚の絵を描いているのかということだった。前日に話を聞いた知佳子さんと違いはあるのか。

「よう子さんは、死者の婚礼を描く際に何をヒントにしているのでしょうか。昨日お会いして話を聞いた絵師は、遺族から遺影を送ってもらって、それを通して故人の声を聞いて描くとおっしゃっていました。あなたも同じですか」

よう子さんは笑いながら答えた。

「私も依頼者からお亡くなりになった方の写真を送っていただくところまでは同じです。でも、私には霊と話せるような能力はありません。まず写真が届くと写真を前にして般若心経《はんにゃしんぎょう》を読んでみるんです。そうして心を整えてから、一気に自分の感覚で描いていきます。大抵一日で描き上げますね」

「どういう絵にするかはあらかじめ決めているんですか」

「依頼者から特別な注文がない限り、婚礼はすべて和式にさせていただいています。つまり、着物姿に扇子を持っているような絵です。ただ、着物の柄や装身具など細かい部分でそれぞれ違いを出すようにしています。写真を見ながら、この子は花柄が似合うだろうな、とか、この子は指輪をつけてあげた方が喜ぶだろうな、と考えて描き加えていくのです」

よう子さんにせよ、知佳子さんにせよ、いずれも自分の中に故人のイメージをつくって、その人に合った絵にしていくという点では一致している。

「ムカサリ絵馬の依頼をしてくるのは、子供を失ったばかりの若いご夫婦が多いのですか」

「いや、逆に若いご夫婦は稀《まれ》ですね。大半がお子さんを亡くされてから二、三十年ぐらい経ってから依頼してきます。中には五、六十年ぐらい経ってからくる方もいますよ」
五、六十年と聞いて驚いた。二十歳の時に子供を失ったとしても七、八十歳ではないか。
「なぜそんなに時間が経ってからムカサリ絵馬をつくろうと思うんでしょうか」

「二通りあると思います。一つは、死んだ子供が二、三十年して天国で結婚適齢期になったと考えて結婚させてあげたいと願うパターン。二つ目は、ご両親がかなりお年を召して、『自分たちに残された時間はもう長くない。今のうちに、死んだ子供に結婚をさせてあげたい』と考えるパターンです」

「どちらが多いのですか」

「数えていないので正確にはわかりません。ただ、私も子供を失った経験があるので、依頼者の心情は理解できます。たぶん、どっちがどっちということではないんだと思いますよ。子供を亡くした親は、常に死んだ子供のために何かしてあげたいとか、何かやり残していることがあるんじゃないかって考えます。たぶん、それがいつの時期にムカサリ絵馬につながるのかっていうことなんだと思います」

実際に我が子を失ったよう子さんだからこそ、言葉に重みがあった。彼女もまた人知れずそのような気持ちを抱いてきたにちがいない。

私は風にうっすらと潮の香りが交じっているのに気がついた。東日本大震災の取材をしていた時、いくたびも嗅いだ匂いだった。

「昨年、大震災で、ここ名取市では千人近い人々が命を落としました。子供を失った親からムカサリ絵馬をつくってほしいという依頼はありましたか」

「実は一人もいないんです。きっとまだ早過ぎるんですよ」

「早い？」

「そう。今、ご遺族は悲しみに暮れて何も考えられない状態なんだと思います。でも、あと十年、二十年して亡くなったお子さんが結婚適齢期になったら、ご遺族は天国の子供の幸せを願ってムカサリ絵馬をつくりにいらっしゃることでしょう」

私はそれを聞いて、遺族がどれだけ長い間子供を失った悲しみを背負って生きなけ

ればならないのかを思った。特に若い親はこれから六十年、七十年とその思いととも
に歩んでいくことになるのだろう。

「あと何十年間かして、もし震災の遺族から依頼が来たら、よう子さんは引き受けますか」と私は訊いた。

よう子さんはためらわずにうなずいた。

「もちろんです。私はこの被災した町で暮らしてきたのですから。頼まれれば、一生懸命にやらせてもらうつもりです」

言葉に力がこもっていた。きっとよう子さんも一年間、この被災した町で数々の悲劇を見聞きしてきたのだろう。

震災から十年、二十年が経った時、メディアは被災者たちの心の傷に目を向けることはほとんどしなくなっているはずだ。そんな時こそ、よう子さんのような被災地に暮らす絵師がムカサリ絵馬を描きつづける必要がでてくるのではないか。

「もし依頼が来たら何を思って絵を描きますか」と私は訊いた。

よう子さんは答えた。

「いつも同じです。『この人があの世で幸せになれますように』と願って描くだけです」

「なぜいつも同じことを願うのでしょう」

「それこそ、みんなが願っていることだからです」

心の中に一筋の光が射し込む思いがした。

第四章　ある家の幻

冬に飛ぶ蠅《はえ》

私の母方の祖父の名前は、伊東一彦といった。愛称は「ジジさん」。親戚中がみんなそう呼んでいた。おそらく初孫である私がそう言いだしたのだろう。

大正生まれのジジさんは、映画『００７』シリーズの初代ジェームズ・ボンド、つまりショーン・コネリーに似たダンディーな風貌《ふうぼう》だった。ただ、性格はボンドとはまったくかけ離れており、おそろしくオッチョコチョイだったが、寡黙でやさしい人だった。

ジジさんがした失敗についての伝説は数知れない。たとえば、ジジさんがごきぶりホイホイにかかったゴキブリが苦しんでいるのを発見したことがあった。見ているうちにかわいそうになったらしく、家人の目を盗んでそっとゴキブリを逃がしてあげようとした。それを祖母、つまりジジさんの奥さんに発見されて大目玉をくらっていた。

「なんで、ごきぶりホイホイを仕掛けているのに、わざわざ逃がすんですか！　これじゃ意味がないですよ！」

ジジさんはひたすら禿《は》げた頭をなでて謝っていた。

私はそんな祖父を見て思わず、大丈夫なのかと母に尋ねた。すると母はこう答えた。

「ジジさんは虫一匹殺せない人なのよ。大学では農学部だったんだけど、虫をつかう実験の時に殺すのが嫌でずっと実験室の外で隠れていたって言っていたもの」

そんな心優しい祖父を持ったのは、私にとってむしろ嬉しいことだった。

この穏やかな性格とは反対に、ジジさんの人生は若い頃から戦争と無縁ではなかった。東京大学（旧東京帝国大学）を卒業した後間もなく赤紙をもらって召集され、海軍の戦闘機の操縦士となった。国の防衛にはそれなりの思いはあったようだが、飛行訓練をしているうちに、戦闘機を操縦するのが楽しくてならなくなった。コックピットに入ればまるで子供のように操縦に夢中になったらしい。

戦争も末期にさしかかって本土決戦が近づいてきたある日、部隊のみんなで占いをしてもらったことがあった。この戦争で自分たちがどうなるか知りたかったのだろう。すると、不運にもジジさんだけ戦死するという結果が出てしまった。お国のためとはいえ、さすがにジジさんは青ざめた。

だが、この占いが奇妙な結果を生むことになる。間もなく戦況は悪化し、アメリカ軍の日本本土空襲が連日のように行われるようになった。大日本帝国は戦局をなんとか挽回《ばんかい》しようとして最後の抵抗をした。それが玉砕、あるいは特攻だった。

ある日、司令部から届いた通達には次のようなことが記されていた。

〈大日本帝国の為、全員、神風特別攻撃隊での攻撃を命ず〉

特攻隊としての出撃命令が下ったのである。

この頃、ジジさんは部隊を束ねる役割についていた。高学歴と先輩たちの戦死が相まって、みるみるうちに出世してしまったのだ。ジジさんは隊長として逃げるわけにいかず、気丈にふる舞いながら、部下たち一人ひとりの肩を叩いて励ました。

「私もすぐに後を追う。お国のために桜となって散って靖国で再会しよう」

部下たちは次々と万歳三唱をしてから基地を発《た》ち、そのまま帰ってこなかった。まだ十代から二十代の若者ばかりだった。

ジジさんは何週間かかけて隊長として部下たちの出陣を見送った後、最後は自分も神風攻撃をすることにした。出撃の直前、彼は家族に宛てた遺書をしたため、自らの爪や髪を遺品として箱に詰めた。そして爆弾を搭載したゼロ戦（零式艦上戦闘機）に乗り込み、海に向かって出発した。太平洋にいるアメリカの艦隊に体当たり攻撃をしかけ、先に散っていった部下たちと再会するつもりだった。

ところが、この日に限って戦闘機のエンジンが故障した。飛行中に、プスンプスンと音を立てて止まってしまったのである。戦闘機は角度を変えてどんどん高度を落としていく。不時着を試みようとしたが、戦闘機には爆弾が搭載されている。しくじれば不時着と同時に爆発してしまう。

「もはやこれまで」

覚悟を決めた時、戦闘機はぬかるんだ田んぼにブスッと突き刺さった。田んぼの柔らかな土の上に落ちたことで助かったのである（爆弾を積んだゼロ戦が田んぼに突き刺さるのかという疑問もあるのだが、後にジジさんがそう証言しているのだから、孫の私としては信じるより他にない）。

遠くから軍の車が列になって救出しにくるのが見えた。ジジさんは戦闘機の操縦席からそれを見て、ふと部下たちと占いをしたことを思い出した。占いでは自分だけが死ぬという結果だったはずだ。彼はつぶやいた。

「占いが反対の結果に出てしまっていたんだな」

一九四五年八月十五日、日本はようやく終戦を迎えて、ジジさんは東京の実家へ帰ることになった。家族はさぞかし喜んだことだろう。親の紹介ですぐに神戸女学院出身のうら若いお嬢さまとお見合い。二年後の「ベビーブーム」の真っ盛りに、長女である私の母を授かることになった。

終戦後、ジジさんはずいぶんマイペースに好きな生き方をしていたらしい。結婚した当初は一流企業に就職し、二人の子供を育てていた。だが、ある日突然、帰宅するとこう言いだした。

「戦闘機を操縦する爽快感《そうかいかん》がどうしても忘れられないんだ。今度、自衛隊ができることになった。そこに入れば、戦闘機を思う存分に操縦できる。そういうわけで、僕は今の仕事を辞めて自衛隊に入ることにする」

自衛隊がどんな組織になるのか、当時の国民は今一つわかっていなかったはずだ。軍隊と同じだという悪いイメージもある。妻からすれば「オイオイ、待ってくれよ」といった気持ちだろう。だが、ジジさんはさっさと一流企業を辞めて、航空自衛隊に入ってしまった。

当時の航空自衛隊の隊員たちにどういう人がいたのかはわからない。だが、東大を卒業して、戦時中にゼロ戦を操縦していたとなれば、否応なしに出世街道を歩んでいくことになる。ジジさんは全国の基地を転々としながら大好きな戦闘機をかっ飛ばして毎日を楽しんでいた。

その頃の航空自衛隊での生活はのんびりしたものだったようだ。自衛隊は設立されたばかりで規律も緩かったし、毎日の仕事といえばいくつかの業務を片づけ、基地周辺の住民たちと親睦《しんぼく》を深めることだった。

ある日は、住民から「家で飼っているウサギが逃げたのでつかまえてほしい」という依頼を受け、部隊のみんなで一日中野原を駆け回ってウサギを追いかけたこともあった。夕方までかかって捕獲に成功したそうだ。その時、野原で部隊全員が集まって撮った記念写真は、今も我が家の古いアルバムに残されている。その中心にいるのは満面の笑みを浮かべた部隊長、つまりジジさんだ。

その後、ジジさんはみるみるうちに出世し、基地のトップに就任して、戦闘機を操縦できない立場になってしまった。彼はそれがつまらないと思ったようで、自衛隊に見切りをつけて退職して一般企業へ再就職。そして、一九七七年の冬に初孫である私が誕生したのである。

ジジさんにとって、初孫である私はそれはそれはかわいかったにちがいない。休みのたびに、旅行やら何やらとつれていってくれた。すでにボンドさながらに禿げていたが、幼い私の目にもかわいらしいほどおっちょこちょいに映る人だった。たとえば、私が小学生の頃、親戚同士で静岡のある港へ釣りに出かけた。朝早くに堤防から釣り糸を垂らして魚を釣ろうとしたのである。

ジジさんは孫たちに良いところを見せようとしたのか、新品の釣竿とリールを買ってやってきた。私たちは一列に並んで釣りを楽しんだ。この日は大漁で、糸を垂らせば瞬く間に三、四匹一度に釣れるような状況だったのである。糸を引き上げるのが楽しく、みんなで「また釣れた！」とか「どんどん釣って食べよう！」などと騒いでいた。

しばらくしてふと気がつくと、ジジさんが少し離れたところに立って一人だけじっとしていた。釣りをしていないようだ。私は叫んだ。

「ジジさん、何しているの！　すごくたくさん釣れるよ！　早くやりなよ！」

ジジさんは気まずそうな笑みを浮かべるだけで何もしない。どうしたのだろう。

歩み寄ると、ジジさんは透明な釣り糸を両手でしっかりつかんでいる。糸はまっすぐに海へとつづいている。まさか手で糸をつかんで釣りをしているわけでもあるまい。

私の父親が心配して近づいていった。

「ジジさん、何やっているんですか。釣りをしましょうよ」

「い、いや、実は……」とジジさんは口ごもった。

「ん？」

「そ、そのう……」

その時、父がハッと何かに気づいた。

「もしかして、義父《とう》さん、買ったばかりのリールを海に落としてしまったんですか」

ジジさんは恥ずかしそうにうなずいた。

そう、買ったばかりの高価なリールを釣竿につけようとしたところ、手を滑らせて海へ落としてしまったのである。かろうじて糸だけは握っていたのでたぐりよせてみたが、リールは沈んだまま上がってこない。だが、糸を手放すということは、リールを捨ててしまうことを意味する。ジジさんはどうしていいかわからなくなり、そのまま何十分も固まっていたのである。孫たちがその場で腹を抱えて笑い転げたことは言うまでもないだろう。

このようなジジさんの失敗談は枚挙に暇がない。だけど、家族も親戚もみな、そんな愛らしい性格が好きだった。私自身も幼いながら、大人になったらジジさんのような人間になりたいと強く願ったものだ。

ジジさんが癌《がん》を患《わずら》ったのは、私が大学に入ったばかりの頃だった。胃の全摘出手術をして一度は退院したのだが、再び入院、そしてそこで院内感染が起きてしまった。

都内の大きな病院に移ったものの、病状は悪化の一途をたどった。ジジさんを慕う家族や親戚は毎日のように見舞いに通った。少しでも回復してほしい。それが親族全員の願いだった。ジジさんがいない日々など思い描くことができなかった。

だが、親族の中でただ一人だけ見舞いに行かない人間がいた。それが、私だった。当時私は作家になることを志し、一日三冊本を読み、小説やシナリオを筆写し、文章を書くという生活をつづけていた。恋人からのプレゼントはすべて図書券、正月さえも断酒、デートは一切なしである。

今思えば、偏屈極まりない頭の固い学生だが、言い訳をすればそれだけ必死だったのだ。文章修業を一日たりとも怠るまいとして、ジジさんを見舞うことすらしなかった。一日休めばそれだけ作家への道が遠のくと思っていたのである。

長い闘病生活の末、真冬の寒い日にジジさんは病室でひっそりと息を引き取った。葬儀は親類縁者だけでしめやかに行われることになった。私はジジさんの家の隣に住んでいたにもかかわらず、またも文章修業を言い訳にして通夜に出席しなかった。親戚が喪服を着て涙に暮れている間、大学の図書館で机に向かっていたのである。

ジジさんの長女である母は、そんな私の行動をどう思っていたのかわからない。だが、表向きはこう言っていた。

「もしやらなければならないことがあると思うならやりなさい。そっちの方が重要だと思うならお通夜に出る必要はないから。ジジさんもそう思っているはずよ」

図書館にこもりながらも、さすがに心が痛んだ。ジジさんは私が物心つくまえから日本全国あちらこちらへつれていってくれたし、本を読み聞かせてくれた。私が作家になりたいと考えるようになったのは、幼い頃にジジさんからもらった何百冊という昔話全集を読みふけった影響が大きい。

今の私があるのは間違いなくジジさんのお陰だ。最後の別れぐらいしに行ってもいいのではないか。私は図書館の席にすわりながら悶々《もんもん》とした末に、三時間だけと決めて帰宅することにした。

ジジさんの家ではすでに読経も焼香も終わり、喪服を着た親戚たちがテーブルを囲んで食事をしていた。出前の寿司が並べられ、ビールと日本酒を飲みながら、しんみりとジジさんの思い出を語っている。ゼロ戦が田んぼに墜落した時の話、海にリールを落として固まった時の話、ごきぶりホイホイからゴキブリを逃がした時の話……みんな思い出す度に、「そうだったたね」と懐かしそうに相槌《あいづち》を打った。私は夜も文章の筆写をしなければならなかったので、お茶を飲みながら隅で肩身の狭い思いをしていた。

夜十時を過ぎると、親戚たちは最終電車を気にして、一人また一人と帰っていった。食事の残りが散らかった部屋には、隣に暮らす私の家族と叔父の一家しか残っていなかった。線香の煙が漂う中で、テレビの音が部屋に響いている。祖母が急に無口になってテレビの電源を切ると、部屋は怖いぐらいに静まり返った。

しばらくして、誰かがつぶやいた。

「ジジさん、死んじゃったんだね……なんか、信じられないよ」

母親や叔父がビールグラスを片手にうつむいた。線香の匂いが否応なく現実をつきつけてくる。

その時、静まり返った部屋に、虫の飛ぶ音がした。顔を上げてみると、天井のライトのあたりを一匹の蠅が飛んでいた。大きな蠅だった。それは私たちを見回すように旋回する。

「不思議ね。冬なのに蠅が飛んでいるなんて……」と祖母がつぶやいた。

たしかに真冬の東京に蠅が現れるというのは稀《まれ》だ。だが、目の前に現れた蠅は大きな音を立てて元気よく飛び回っては、時々壁やライトにぶつかっている。私も、母も、叔父も、みんなその蠅を見上げている。

どれぐらい経っただろうか。ふと、母がこうつぶやいた。

「この蠅、ジジさんかもしれないよ」

「え?」

「ジジさんが蠅になって私たちのことを見にきたんじゃない? みんな楽しくお酒を飲んでいるかな、僕もまぜてほしいなって思ってやってきたのかも。ジジさん、こういう場が大好きだったから」

部屋に張り詰めていた重苦しい空気が突然明るくなったような気がした。みんな嬉しそうな表情をしている。私もまたその一人だった。私は霊の存在を信じるような殊勝な人間ではないが、この瞬間だけは飛び回る蠅がジジさんであってほしいと願った。いや、きっとそうだと思った。

私は蠅を見上げたままつぶやいた。

「そうだね。きっとジジさんが帰ってきたんだよ」

家族たちが急に色めきたった。そして、みんな口々に天井を飛ぶ蠅に向かって「ジジさん、会いにきてくれたんだね」とか「ジジさん、ここにお酒あるよ!」と呼びかけた。誰もが一匹の蠅に思いを寄せたのである。

母が立ち上がり、食器棚を開けた。そこには高級なブランデーやウィスキーがたくさん並んでいた。どれもジジさんが大切に飲んでいたものだった。母は目に涙を浮かべて叫んだ。

「ジジさん！　みんな元気でやってるよ。心配しないで、天国へ行く前に一杯飲んでいきなよ！　これ、ジジさんが飲み残したものだからね。全部飲んだっていいんだよ」

蠅は酒のことをいわれて喜んだのか、テーブルに置いてあったグラスの縁に止まった。そして酒を舐めるように長い前足をこすり合わせた。その場にいた家族は「ジジさんが飲んでいる」と目をしばたたかせて喜んだ。

私はその様子を端で見ていた。喜ぶ輪の中に入るのになんとなく気が引けたのだ。みんな喪服なのに、私だけが私服姿だ。通夜に参列しなかったのも私だけだ。輪の中に入る資格がないという気持ちがあった。

その時、傍にいた母がグラスの縁に止まった蠅にこう語りかけた。

「ねえ、ジジさん、今日は光太もここにいるんだよ」

そう言われて怖かった。母に通夜に参列しなかったことを怒られるのではないかと思ったのだ。だが、母はこうつづけた。

「これまで勉強が忙しくてお見舞いにこられなかったの。だけど、今日はそれを中断して来てくれたんだよ。良かったね、本当に良かったね」

私はそれを聞いて、恥ずかしくて顔を上げることができなくなった。ジジさんにしてみれば、私は最初の孫であり、一番かわいがってくれたはずだ。弟や妹に比べても、特別に愛情を注いでもらった実感もある。

にもかかわらず、私は二十歳そこそこにして偉そうに文章修業だなんだと理由をつけ、作家になれる保証など何一つないくせに、自分勝手に図書館に引きこもっていたのだ。ジジさんは天国からそれをどんな気持ちで見ていただろうか。

ジジさんが私に教えてくれたのは、社会でのし上がって偉ぶるより、一人の人間として優しさを持つ方がはるかに大切だということだった。少なくとも、私はそんなジジさんが好きで、憧《あこが》れていたのだ。しかし、いつしか私はそれを忘れ、自分の志を振りかざして勝手なことばかりしていた。申し訳ないという気持ちで、思わず涙があふれた。

母は私の胸中を察するかのように蝿に向かって言った。

「でも、光太は今がんばっているからね。だから、天国からちゃんと見守っていてね」

蝿は相変わらず飛び回っている。

「お願いよ。光太が好きな仕事につけるまで見守っていてね」

私はうつむいて涙を隠した。母とジジさんが、ろくでもない私を優しく見守ってくれているような気がしてならなかった。

私は心の中で、ありがとうございます、とつぶやいた。いつか、夢をかなえます、と。

夜光の川

幼い頃の原風景の一つに、川辺に横たわる女の子の姿がある。

私の記憶が間違っていなければ、彼女はいつもピンク色のトレーナーを着ていた。膝小僧が隠れるぐらいの長さのスカートをはいたまま仰向けに横たわり、手をお腹の上に置き、目を閉じていた。

夏の日も、秋の日も、彼女は川辺で横になって人が来るのを待っていた。陽《ひ》が沈む直前の夕景の底でほとんど身動きすることもなかった。動いているのは、夕風に揺れる前髪だけだ。

彼女が待っているのは、「幽霊」だった。少なくとも彼女はそう言っていた。

なぜ彼女は川辺でそんなものを待っていたのだろうか。今思い返しても不思議な気持ちになる——。

その川は、東京の国分寺から武蔵野を流れ、世田谷のはしをかすめるように過ぎて多摩川へと注いでいた。野川と呼ばれ、きれいな清水が湧《わ》き出る川だった。川べりにはススキが生い茂り、その間を小さな虫が飛び交う。あたたかくなるとトンボの群れが交尾をしたものだ。

一九八〇年代、小学生だった私はよくこの川を訪れた。すぐ隣に雑草だらけの空き地が広がっており、放課後は同級生とともにバットとグローブを持ち込んで草野球をした。落合博満や清原和博の打撃フォームを真似しながら暗くなるまで走り回っていたのだ。そして野球を終えると、足や手についた土を洗い落とすために川へ下りていく。

本音を言えば、私はあまりこの川に近づきたくなかった。土手には丸い下水溝が口を開けており、友人の一人にそこが猫の墓場になっていると教えられていた。年老いて死期を察した猫がよろよろとその下水溝へ入っていき、息絶えていく。そのため、中には何十匹という猫が腐敗して横たわっているのだ、と。

この話を教えてくれたのは、山村君という同じ学年の子だった。山村君はいつも汚れた格好をしており、髪はボサボサでフケだらけ。その上、前歯に大きな虫歯があり、口臭がひどかった。今思えば、それは親から虐待を受けているかどうかを見分ける特徴の一つなのだが、当時はそんなことはつゆ知らず、「不潔な奴」ぐらいにしか思っていなかった。

山村君がどこで猫の墓場の話を聞いたのかはわからない。彼には虚言癖があり、同級生の親が空き巣に入って逮捕されただの、誰々の親は本当の親ではないだのと根も葉もないことばかり語っていた。あるいは、トイレからもどってくるや否や「鏡に幽霊が映っていて、こっちを睨《にら》んでいた」などと言い出したこともあった。

こんな性格が災いしたのだろう、山村君にはほとんど友達がいなかった。私も廊下や校庭で会っても話をしようとは思わなかった。仲良くしていると、周りの人から変な目で見られるような気がしてならなかったのである。

そんなある日のこと、偶然野川で山村君を見かけたことがあった。夏の夕暮れ時、空き地での草野球を終えて自転車で帰ろうとしたところ、川のほとりに山村君が女の子と一緒に立っていたのだ。女の子はピンクのトレーナーを着ており、見たことのない顔だった。一学年下の子か、あるいは隣町の小学校の子なのだろう。山村君は真剣な顔をして彼女の手を取り、何かを教えているようだった。

私は気になり、自転車を止めて川辺に下りていった。二人が同時にふり返る。私は何をしているのかと尋ねた。山村君が答えた。

「憑霊《ひょうれい》の練習をしているんだ」

「ひょうれい？」と私は訊いた。

「霊を人に降ろすこと。この子がやってみたいっていうから教えてるんだ」

私は少し前にテレビの特番でイタコなどの霊媒師が取り上げられていたのを思い出した。クラスでもその話で持ちきりになっていた。山村君によれば、仰向けに横たわって目を閉じて呪文《じゅもん》を唱えていると、イタコと同じようにそのうち霊が舞い降りてくるそうだ。山村君の話にはどことなく信用できないところがあったが、気になったので見せてもらうことにした。

「さあ、はじめよっか」

山村君はそう言って、ピンクのトレーナーを着た女の子を立たせたまま、自分は雑草の生えた地面に横たわった。胸の上で手を組み、目を閉じると、彼は早口で呪文のようなものを唱えはじめた。お経みたいな言葉で意味はわからなかった。適当な言葉を発しているものだとばかり思っていたら、三分ぐらいして山村君は突然体を大きく震わせ、目をつぶったまましゃべりだした。誰か別人がしゃべっているような低い声だ。

「天にいる私がここに降りてきたのは、あなたに言いたかったことがあるからなのだが、それとて他人には言ってはならず、あなたにしか伝えられないことがあり、絶対に約束を守れるというならば……」

言葉をまったく途切らせずにしゃべりつづける。いつもの山村君とはまったく違う口調だ。隣にいた女の子は真剣な顔で祈るように手を合わせている。

私は山村君が演技をしているのかどうかわからなくなり背筋が寒くなった。そして思わず声をかけた。

「だ、大丈夫?」

聞こえないのか、彼は目を閉じたまま呪文を唱えている。本当に何かの霊が憑依しているのかもしれない。見ているうちに、どんどん恐ろしくなってきた。ここにいたくないと思った。

「ねえ、もうそろそろ帰らなきゃいけないんだけどいい?」と私は言った。

返事はない。女の子もこちらを見ようともしない。川の向こう岸に下水溝が真っ暗な口を開けているのが見える。

私はそのまま背を向けて一目散に土手を駆け上がった。そして自転車にまたがり、二人のいる川べりから逃げるように立ち去った。

夏の終わりが近くなると、あちらこちらで秋の虫が鳴きはじめた。蒸し暑かった夜に、少しずつ涼しい風が吹くようになる。

二学期がはじまって間もなく、小学校の同級生たちの間で、山村君のことが噂になりはじめた。彼が見知らぬ女の子と仲良くしているというのである。私はそれを聞いて、あの時のピンクのトレーナーを着た女の子のことを思い出した。山村君が彼女と二人でいるところを、他の同級生も目撃したのではないだろうか。

当時は男の子が女の子と道端で話をしていただけで、からかわれるような風潮があった。同級生たちは山村君を囲んで、恋人なのか、とか、デートしていたのか、などといじわるな質問を投げかけた。山村君は困惑した表情をし、「そんなんじゃない」とムキになって反論したが、それは同級生たちの悪意に火をつけることにしかならなかった。

私は山村君がピンクのトレーナーの女の子と憑霊ごっこをしていたことを話そうかどうか迷った。しかし、憑霊ごっこは決して口外してはならない秘密であるような気がして、口を閉ざした。山村君もそれについては何も話していないらしく、反論もせずに同級生たちにからかわれるままになっていた。

秋に入って、野川の土手に生えたススキが黄金色に染まった。風が吹くと横に傾いて穂を揺らす。その日、私は友人の家へ行ってファミコンで遊んだ帰り、久々に野川を通りがかった。すると、川辺に山村君とピンクのトレーナーの女の子が体育座りをして肩を寄せ合っているのを見つけた。夕焼けで赤く染まった川面《かわも》を眺めている。

あの二人はまだ憑霊ごっこをしているのだろうか。それとも本当に恋人になったのだろうか。私は不意にそれを確かめてみたいという気持ちになり、自転車を止めて土手を下りていった。山村君たちは足音に気づいてそろってふり返った。秋の虫が狂ったように鳴いている。

私は一歩前に出て尋ねた。

「今日も、例の遊びをしているの？」

川の鯉が尾で水面をはじく音がし、波紋が広がっていく。

「うん。練習のおかげで、この子もできるようになってきたからね」と山村君が真面目な顔で答えた。

もう何カ月もそんなことをつづけているのだろう。

「どうして霊に会おうとするんだ。怖くないの？」

風に草の香りがまじっている。女の子は口を閉ざし、風に乱れる髪を押さえたまま私をじっと見つめている。山村君は彼女を一瞥《いちべつ》してから答えた。

「怖いはずないよ、この子は自分のお父さんに会っているから」

「お父さん？」

「うん、この子のお父さんは何年か前に死んだんだ。だから、お父さんの魂を降ろして話しているんだよ。相手がお父さんなんだから、怖いわけないだろ」

私は初めて二人に会った時から、何か踏み入ってはならない領域があるような気がしていた。山村君の言葉を聞き、それが何だったのかがわかったような気がした。だが、同時に懸念も生じた。山村君はいつもの虚言癖で彼女をだましているのではないだろうか。

「そんなこと、山村は本当にできるの？」

山村君は急に焦った顔をして答えた。

「で、できるに決まっているだろ。僕はちゃんとしたやり方を教えたんだ。だから、この子だってお父さんと話せている。なあ、おまえだってちゃんと『そう』って言えよ」

同意を求めると、ピンクのトレーナーの女の子は「う、うん」とうなずいた。山村君は得意げにつづけた。

「ほらな。お父さんと話しているんだ。おい、やってみろよ」

山村君は女の子に憑霊をするように促した。彼女は恥ずかしがって躊躇《ちゅうちょ》したが、何度か勧められるとうなずいて、地面に横になった。鴉《からす》が夕空を群れになって飛んでいく。彼女はゆっくりと目を閉じ、聞き取れるかどうかの小さな声で呪文を唱えはじめた。

私はそれを見ているうちに、体中に鳥肌が立ちはじめるのを感じた。今まさに死んだ父親の魂が降りようとしているのだ。

私は得体の知れぬ恐怖に駆られて言った。

「ごめん。もう帰るね！」

山村君がふり返り、「待ってよ」と引き留めてきた。私は背を向けて一目散に土手を駆け上がり、足早に野川を離れた。

さらに一週間が経ち、風がますます冷たくなった。学校の同級生たちは山村君をからかうのにも飽き、再び無視をはじめていた。

私は野川での出来事を冷静にふり返るにつれ、やはり山村君が女の子をだましているとしか思えなくなった。彼はこれまで何度も嘘をついて人を欺《あざむ》いてきた。そもそも彼の発言が事実であったためしがない。もし今回もそうだとしたら、父親を亡くした彼女を傷つけることになりはしないか。

ある日、私は休み時間のトイレで山村君とばったり遭遇した。ドアを開けたら、彼が手洗いの前に立っていたのである。私は胸に秘めていたことを言った。

「ねえ、あの女の子のこと、嘘をついているならやめた方がいいと思う。彼女、お父さんを亡くしているんだろ。もし霊の話が嘘だって知ったらガッカリするんじゃないかな」

山村君はびくっと肩を揺らし、狼狽《ろうばい》しながら反論した。

「なんでそんなこと言うんだよ。僕はだましてなんかいない。あの子だってお父さんと話せているって言っていただろ。責めるなよ」

「責めてなんていない。訊いただけだよ……でも、あの女の子は誰なの？　うちの学校の生徒じゃないでしょ」

「親の友達の子なんだ。あの子の母ちゃんが、よくうちに預けにくるから一緒にいるだけだよ」

親が子供を別の家庭に預ける。私は小学生ながらも、そこに複雑な事情があることを察した。何かしら問題を抱えているのだろう。なんとなく立ち入った質問をしてはならない気がした。

授業の再開を知らせるチャイムが、校舎に鳴り響いた。

寒い冬が明け、小鳥のさえずりとともに春が訪れた。新学期がはじまる頃には、桜が満開になっている。小学校のあるあたりから野川にかけてはソメイヨシノが多く植えられており、降りつもった花びらのせいで町全体が桃色に染め上げられている。私たち小学生は学校の帰り道、花びらを両手で抱えて、友達同士で投げ合いをした。

そんなある日のこと、小学校の隣にある公園に行くと、山村君の姿があった。彼は木のベンチに腰かけ、寂しそうに舞い落ちる桜を見上げていた。私はふとピンク色のトレーナーを着ていた女の子のことを思い出した。最近は野川で一緒にいるのを見かけていない。

私はベンチに歩み寄り、山村君に声をかけた。

「やあ、一人なんだ。最近はあの子と遊んでいないの？」

彼はすぐにピンク色のトレーナーの子のことだと察したようだった。ランドセルを胸に抱えたまま答えた。

「秋の終わりから会ってない。野川で遊んでいたら、あの子のお母さんがやってきて『もう会うのをやめろ』って言われたんだ」

「やめろ?」

「……僕は彼女と一緒にいつもと同じように野川で『憑霊』をしていた。そしたら彼女のお母さんが現れて、この子に変なことを教えないでくれと厳しく怒られた。それ以来、遊ぶのを禁止されたんだ」

幼い娘が亡き父親の魂を自分の体に降ろして語るなんて遊びをしていれば、心穏やかでいられるわけがない。母親が山村君に対して怒りをあらわにした気持ちがわかった。

「あの子の親と山村君の親は仲が良いんでしょ。大丈夫だったの?」

「なんでうちの親が関係あるんだよ。俺はあの子と学童クラブで会ったんだ」と彼は答えた。

耳を疑った。山村君は、以前自分の親とあの子の親が友人関係にあると話していた。そのことを忘れたのだろうか。私は彼に虚言癖があるのを思い出し、ため息交じりに言った。

「また嘘だったのかよ。ねえ、あの女の子に教えていた『憑霊』っていうのも嘘だったんじゃないか? 山村君が演じていたんじゃないの?」

「…………」

「あんな変な呪文を唱えて霊が乗り移ってくるわけないじゃないか」

いつの間にか私は勝ち誇ったような言い方になっていた。山村君はランドセルを抱えたまましばらく黙ってから答えた。

「彼女がお父さんに会いたいって言ったんだ……だから教えてあげただけだ」

「教えたって……」

「教えてほしいと頼まれれば教えるだろ。そしたら、彼女は本当にお父さんとしゃべりはじめた。嘘じゃない。ちゃんとしゃべっていたんだよ。だからお父さんと話ができたんだと思う」

山村君は自分が教えた呪文がでたらめなものだと認識している。だが、ピンクのトレーナーの子は、たしかに死んだ父親の霊と話をしていたのだ。

私は尋ねた。

「あの子とは、もう会わないの？」

「………」

「会わないんだね」

桜の舞い散る中で、山村君はなぜか急に唇を震わせ、大粒の涙をこぼしはじめた。理由はわからなかった。顔が真っ赤になり、口臭が漂う。しゃくり上げる声がどんどん大きくなっていく。

「なんで泣くんだよ。変なこと言った？」

　彼はしゃくりあげているだけだ。私はそれを見てふとあることを思い出した。たしか山村君は一人親だったのだ。離婚なのか、死別なのかわからないが、もしかしたら彼もまた親と会話をしようとしていたのかもしれない。

　私は狼狽した。

「悪かったよ。変なことを訊いて悪かったよ」

　山村君はうつむいて嗚咽《おえつ》するだけだ。私が何度謝っても顔を上げようとしない。冷たい風が吹く中で、桜の花弁が彼の脂ぎった髪に降りつもっていた。

第五章　愛と哀《かな》しみの病

ポニーの指輪

二〇〇八年の末から約二年、私は『感染宣告』というＨＩＶを題材にした本を書くために大勢の人に会っていた。ＨＩＶ感染者やその家族など会った関係者は約二百人にのぼった。ある人はオフレコを条件に、ある人は妻に自分が同性愛者であることだけは知られないような書き方をしてほしいという約束のもとに、自身の体験を語ってくれた。

ＨＩＶとは「ヒト免疫不全ウイルス」というウイルスのことだ。ＨＩＶが性交渉などによって体内に侵入すると、その人が持っている免疫機能を壊しつづけ、エイズ（後天性免疫不全症候群）を発症する。この時点では免疫力はほとんど失われ、身の回りにある様々な菌やウイルスに体が侵されてしまい、健康な状態では到底感染しないような病気にかかって死に至る。いわば免疫という名の家を壊すのがＨＩＶというウイルスであり、それらが壊されて住人が嵐に直撃された状態がエイズなのだ。

この病気は特効薬がなく、長らく不治の病として恐れられていた。が、医学の進歩によって二十年ほど前から適切な治療を受けていれば、ＨＩＶに感染してもエイズの発症を抑えられるようになった。つまり、決して死ぬことのない病気となったのである。

これによって感染者たちが安心できるようになったわけではない。エイズの発症を抑えられても、ＨＩＶそのものは体内に残っており、性交渉をすれば相手に感染させてしまう恐れがある。患者は恋愛をする度にＨＩＶ感染という壁に向き合わなければならず、嫌われることを覚悟の上で事実を打ち明けるべきか、罪悪感を抱きながら隠し通すべきかを選択しなければならないのだ。

関係者の話を聞く中で特に関心があったのがこの点だった。カップルや夫婦の間でＨＩＶ感染が判明した時、はたしてその現実を受け入れることができるのだろうか。そして、彼らは事実を知った後に何を選び、どう生きていこうとするのか。

話を聞いた中で、一人印象に残っている女性がいる。美香子さん、三十二歳だ。夏の日の午後、私は神奈川県内のある小さな駅前のカラオケ店で美香子さんに会って話を聞いた。美香子さん自身がＨＩＶ感染者であり、周りに聞かれては困るというので、カラオケ店でインタビューを行うことにしたのだ。

美香子さんは自身の体験を語る際、奇妙なことを言い出した。

「私がＨＩＶを抱えながらやってこられたのは、ネックレスにつけているリングのおかげなんです」

意味がわからず、どういうことかと尋ねてみると、彼女はシャツの襟もとからネックレスを出して見せた。その先にはたしかに銀色の指輪がぶら下がっている。

「これ、ポニーという愛犬にあげた結婚指輪なんです」と彼女は言った。

「愛犬にあげた結婚指輪？」

「ええ。私はずっとこのポニーと暮らしていました。夫と結婚した時、ポニーにも私と夫がつけているのと同じ指輪をつくってあげたんです」

美香子さんの話によれば、夫と結婚したのは二十三歳の頃だったという。二人は宝石店に頼んで同じ形の指輪を三つつくってもらった。夫婦はそれぞれ左手の薬指にはめ、もう一つをポニーの首輪につけてあげた。彼女は生後三カ月のポニーを引き取って以来、夫と同棲している間もずっと一緒に暮らしてきたので、結婚してもみんなで生きていこうという思いで指輪を三つそろえたという。

「なぜＨＩＶとそのことが関係あるんですか」と私は尋ねた。

「それは、私と夫の間に入った亀裂《きれつ》を埋めてくれたのがポニーだったからです。話を聞いていただければその意味がおわかりいただけると思います」

美香子さんはそう言って過去を語りだした。

千葉県千葉市の小さなマンションに、美香子さんは夫の良治さんと暮らしていた。同棲していた頃は都内に住んでいたのだが、結婚後に引っ越したのである。二人とも勤務先は都内にあり、子供もいなかったので経済的なゆとりも少しはあった。それでも千葉に移り住んだのは、海で大好きなサーフィンを思う存分できるようにと考えてのことだった。

二人が出会ったのはスキューバダイビングの講習会だった。お互い友人と参加していたものの意気投合して連絡先を交換し、東京にもどってすぐに「一緒に海に遊びに行こう」と誘って会うようになった。そして、その二週間後には早くも同棲をはじめた。

美香子さんは良治さんのマンションに引っ越す際、実家から愛犬のポニーをつれていった。親が病気だったため、彼の家でポニーも一緒に暮らすことになったのである。二人は海に遊びに出かける時、かならず後部座席にポニーを乗せていった。ポニーは海に着くと尻尾《しっぽ》をふって浜辺を走り回り、二人がサーフィンをしている間は木陰で気持ちよさそうに昼寝をして待っていた。そして昼ごはんの時間になるとムクリと起き上がって持参した弁当のおかずをわけてもらいにくる。夕日が海を染める時刻、若い二人はポニーとともに川の字になってそれを眺めながら、ずっとこんな日々がつづけばいいと思っていた。

夫婦に突然「ＨＩＶ」という言葉が突きつけられたのは、結婚から四年が経った秋の日だった。美香子さんは一年ほど前から帯状疱疹《たいじょうほうしん》が起こったり、皮膚が膿んだようにジクジクしはじめたので皮膚科で診てもらった。医師からは「疲労によるもの」と診断されたが、特別に忙しいわけでもなかった。

そんなある日、突然体調をくずしたと思ったら、口腔《こうくう》カンジダ症にかかった。免疫力が落ちることでなりやすい症状だ。病院でここ一年の体調のことを話すと、医師からＨＩＶ検査を受けてみるよう勧められ、血液を調べることになった。

二週間後、美香子さんは半休を取って病院へ結果を聞きにいった。医師はカルテに目を落としたまま告げた。

「陽性反応が出ています。もう一度検査をしてみる必要がありますが、現時点ではＨＩＶに感染していると考えられます」

帯状疱疹や口腔カンジダ症もＨＩＶによって免疫力が落ちたことが原因だろうとい

うことだった。

美香子さんは全身から血の気が引いた。一体誰から感染したのか。夫からか。そうでなければ以前付き合っていた男性からか。かなり前に海外旅行先で、面識のない外国人と一夜限りの関係を持ったこともあった……。

彼女は医師に感染源を教えてほしいと尋ねた。そうでなければ、夫に説明がつかない、と。だが、医師は険しい顔をして首を横にふった。

「HIVは潜伏期間が長いので、誰から感染したかを特定することは不可能です。旦那さんとだけしか肉体関係を持ったことがないというなら別ですが、そうでないのであれば誰とはいえないのです。それより、あなたが感染している以上、旦那さんも感染している可能性がある。できるだけ早く検査を受けにくるよう旦那さんにつたえてください」

エイズの発病を抑えるには、早期に発見して免疫機能をコントロールする必要がある。そのため、早急な検査が必要だったのだ。

美香子さんはマンションに帰ったものの、HIVに感染していることを良治さんになかなか打ち明けられなかった。彼が聞いたら怒って、離婚すると言い出すかもしれない。だが、黙っていれば、彼は治療を受けることができずエイズの発症という事態に陥ってしまう。そうなれば、取り返しがつかない。このような葛藤《かっとう》の中で、毎日いつどのように告白するか悩みつづけた。

数カ月間、美香子さんは大好きなサーフィンに行くこともせず、体調不良を理由にマンションに閉じこもった。ポニーも異変に気づき、心配そうに歩み寄ってきて肌を舐めようとする。だが、美香子さんは自分のＨＩＶがポニーに感染するのではないかと思い、追い払った。ポニーはその度に悲しそうに「クーン、クーン」と鳴き、遠くからじっと見つめてくるのだった。

美香子さんがＨＩＶ感染の事実を良治さんに告白したのは、春が近づいた日の夜だった。病院で相談に乗ってもらった看護師に、「旦那さんのことを愛しているなら一日でも早く話すべき」と言われて決心したのだ。良治さんは会社から帰った直後に食卓でそのことを聞かされると、青ざめて黙りこくってしまった。妻がＨＩＶ感染者だったという驚愕《きょうがく》とともに、自分も感染しているかもしれないという恐怖が湧き上がったのだろう。

二週間ほど、良治さんはＨＩＶ検査へ行くことを躊躇《ためら》っていた。ようやく腹を決めて病院へ行って血液検査を受け、結果が出たのは、さらに二週間が経ってからだった。この日、マンションに帰ってきた良治さんの顔は怒りで強張《こわば》っていた。彼は玄関まで駆け寄ってきたポニーを足で蹴り払い、美香子さんを怒鳴りつけた。

「俺も感染していた！　きっとおまえから感染したんだ！」

感染源を特定することはできないはずだ。だが、美香子さんはそう言われた瞬間、自分が彼の人生を壊してしまったと思った。

良治さんは涙目になってつづけた。

「おまえのせいだ。もう俺の人生は終わりだ……」

美香子さんは泣きながら謝るしかなかった。

「ごめんなさい。本当にごめんなさい」

「謝られたって遅い。もう俺は死ぬ。おまえのせいで死ぬんだ！」

ポニーが心配するように駆け寄ってきた。だが、良治さんは床を叩いて、ポニーに怒声を浴びせた。

美香子さんは混乱していて彼が何を言ったのかわからなかった。ただポニーは殴られたように「キャイン」と痛々しい声を発して逃げていった。やがて良治さんの嗚咽《おえつ》する声が聞こえてきた。


この日から、美香子さんと良治さんは同じマンションで暮らしながらほとんど口をきかなくなった。良治さんは仕事から帰ってくると、美香子さんと目を合わせようともせずにリビングルームのソファーに横になった。妻からＨＩＶをうつされたという思いがあり、許すことができなくなっていたのだ。

一方、美香子さんも良治さんの態度に怯《おび》え、寝室に閉じこもって寝たふりをするようになった。もし自分が感染させたのだとしたら、憎まれるのもやむを得ない。謝罪の言葉も見つからず、同じ部屋で夫を避けることしかできなくなっていたのだ。毎日そんな二人の間を、ポニーだけが心配そうに尻尾をふって行き来していた。

やがて、美香子さんに医師の指示による抗ＨＩＶ薬の投薬が開始された。抗ＨＩＶ薬は副作用がつよいためにできるだけ服用を先延ばしにするが、免疫力が一定値を下回ったことにより、薬によってその値を回復させなければエイズ発症の恐れが出てきたのだ。

投薬をはじめて間もなく、美香子さんの体に異変が起きた。体重がみるみるうちに落ちていったのである。もともとはふっくらとした体つきをしていたのだが、皮膚が骨にへばりついたような姿になり、激しい嘔吐感《おうとかん》に襲われたり、頭がボーッとして何も考えられなくなったりした。抗ＨＩＶ薬による典型的な副作用だった。美香子さんは仕事をつづけるのが困難になり、退職を余儀なくされた。

良治さんの両親が近所に引っ越してきたのはそんな頃だった。二人は休日のたびによくマンションに立ち寄ってお菓子などを置いていったが、ほどなくして美香子さんの体の変化に気がついた。彼らは痩《や》せ細っていく美香子さんを心配して、「病気なの?」「検査に行ってみたら?」と勧めてきた。二人にしてみれば、美香子さんが急に会社を辞め、家に閉じこもり、やつれていくのが気が気でなかった。

美香子さんは義理の両親がやってきて、あれこれと言われることが嫌でたまらなかった。二人にＨＩＶ感染していることを打ち明けられるわけもなく、最初は風邪を引いたとか、食あたりになったと言い訳をしていたが、やがてインターホンが鳴っても居留守をつかうようになった。常に部屋の明かりを消して寝室に閉じこもったのだ。

義理の両親は、美香子さんが居留守をつかっていることに気づき、やがてそれを良治さんに告げた。その日、良治さんは家に帰ってくるなり、寝室のドアを激しく音を立てて開けて美香子さんを怒鳴りつけた。

「居留守をつかっているだろ! おまえは俺にＨＩＶをうつしたあげく、両親にまでそんな対応をするのか。どういうつもりなんだ」

美香子さんは混乱した。居留守をつかったのは事実だが、自分の気持ちも理解してほしかった。

「だって、こんな体になっちゃったんだもん。どんな顔で会えばいいかわからないよ……」

良治さんは反論した。

「自業自得だろ。おまえが悪いからHIVをうつされたんじゃないか」

美香子さんは「おまえが悪い」と言われて、頭を思い切り殴られたような気がした。やっぱり彼は私が男遊びをしてHIVに感染したと思っているんだ……。これまで二人を結んでいた糸が音を立てて切れてしまったような気がした。ポニーが部屋の隅で怯えたような顔をして二人をじっと見ていた。

それから一カ月後、良治さんはマンションを出ていくことになった。二人で暮らしていても感情をぶつけ合うか、それを避けるために背を向け合うことしかできなくなっていた。彼はそんな日々に疲れ果て、実家に移り住むことにしたのである。

日曜日の午前中、良治さんは引っ越しの作業をするために軽トラックを借りてきた。衣類をつめた段ボールを次々と運び出し、荷台へと載せていく。美香子さんは手伝うとも言いだせず、かといって引き止めることもできず、涙をこらえながら寝室にこもっていた。玄関からはポニーが狼狽《ろうばい》して右往左往している音が聞こえていたが、やがてドアが閉まり、良治さんを呼ぶような「クーンクーン」という鳴き声に変わった。

軽トラックのエンジン音が遠ざかっていった。

マンションに独りぼっちになった美香子さんにとって、心を開ける相手はポニーだけだった。実家の親にＨＩＶのことを話すことなどできなかったし、学生時代の友人にも打ち明ける勇気はなかった。相談に乗ってくれる自助グループを探してみたが、男性の同性愛者が集まる団体はあっても、女性だけというのが見つからない。彼女はポニーを抱きしめて、胸のうちをつぶやいた。

「薬の副作用がきつくても、ポニーが傍にいてくれるととっても楽になるよ。ずっと一緒だからね」

また別の時はこう語りかけた。

「良治君が早く帰ってきてくれるといいね。今度一緒に家まで行ってみようか。謝ったら許してくれるかもしれないから。また三人で海に行きたいね」

ポニーは美香子さんがこぼす涙を舐めた。ポニーもまた家族の関係に亀裂が入ったことを感じていたにちがいない。

翌年の夏、ポニーの体調に異変が起きた。ある日突然食事を取らなくなったのである。大好きな肉やミルクをあげても見向きもせず、無理に食べさせようとすると口をかたく閉じて顔をそむけてしまう。

美香子さんはポニーに元気になってもらおうと散歩へつれていこうとした。いつもポニーは「散歩」という言葉を口にしただけで飛び跳ねて喜ぶのに、立ち上がろうともしない。無理にリードをつけて引っ張って行っても、マンションの外に出た途端にすわり込んで動かなくなってしまう。一体何が起きたのだろう。

何日も同じような状態がつづいたため、美香子さんはポニーを近くの動物病院で診てもらうことにした。獣医は精密検査をし、こう告げた。

「腫瘍《しゅよう》ができています。癌に間違いありません。余命は三カ月、あるかないかです」

転移が進んでいて手術はできない状態だという。頭の中が真っ白になった。良治さんを失った上にポニーまでいなくなったら、自分は何を頼りに生きていけばいいのか。

マンションに帰ると慌ててインターネットで癌治療について調べてみた。すると都内に犬の癌治療で有名な動物病院があることがわかった。そこであれば手術してくれるかもしれないが、保険がきかないので多額の費用がかかる。生活に余裕がなかった美香子さんはアルバイトをして手術費を稼ごうと決めた。

最初は住んでいる町で仕事を見つけようと、レストランやコンビニエンスストアなどの求人に応募して面接をした。が、十店以上受けて全部落ちてしまった。アルバイトなんてすぐに見つかると思っていたので意外だった。通勤範囲を電車をつかう距離に広げて、受かりそうなところに片っ端から応募してみるのだが、それでも次々と不採用の通知だけが送られてくる。

不思議に思って採用担当者に理由を問い質《ただ》してみた。すると、担当者はこう答えた。

「ご健康状態がかなり悪そうでした。うちの職場は体調管理が必要とされますので今回は不採用とさせていただきました」

彼女は抗ＨＩＶ薬の副作用で異様なほど痩せこけていた。面接官に指摘されたことは何度かあったが、その度に「体を悪くして入院していたのですが、もう大丈夫です」と答えていた。だが、面接官から見れば、大丈夫という状態にはほど遠く、採用を見送られたのだ。

美香子さんは電話を切ると、テーブルに突っ伏して泣きじゃくった。このままではポニーは死んでしまう。部屋の隅でうずくまるポニーはやつれて体が一回り小さくなり、首輪につけていた結婚指輪が大きく見えるほどだった。

一晩悩み抜いた末に、美香子さんは一年ぶりに良治さんに会いにいってお金を貸してもらえないか相談してみることにした。彼はまだ実家で暮らしているはずだった。すべてを正直に話して頼めるのは彼しかいなかったのである。

休日の朝、美香子さんは良治さんの実家を訪れ、ドアチャイムを鳴らした。義理の母親とのやりとりがあった後、良治さんが起きたばかりの腫《は》れぼったい顔をして現れた。朝から何の用だと言いたげな、不愉快そうな表情だった。

彼女は頭を下げ、すがりつくように言った。

「ポニーが癌なんです。お願い、手術代を貸してください」

良治さんは彼女があまりに動揺していることに驚いたようだった。「まずは少し落ち着きなさい」と言ってから、詳しい説明を求めた。

美香子さんは涙を拭きながら、ポニーが癌だと診断されたことやアルバイトに応募しても断られていることなどを話した。途中で嗚咽が激しくなって呼吸ができなくなることもあったが、何とかすべてをつたえた。そして最後に、私が迷惑をかけたのはわかっているけど、今頼めるのはあなたしかいないの、と頭を下げた。

良治さんは腕を組んで聞いてから答えた。

「ちょっと考えさせてほしい。数日以内に俺の方から連絡するから、ちょっとだけ待っていてくれ」

ドアが閉まった。美香子さんは涙をぬぐいながら帰路につくことしかできなかった。

三日後の夜、マンションに良治さんが一年ぶりに帰ってきた。チャイムが鳴ったのでドアを開けたところ、良治さんが着替えの入ったスポーツバッグを抱えて立っていたのである。会社帰りに簡単な着替えだけ持ってやってきたという。彼は少し照れ臭そうに言った。

「ポニーの世話をするの、一人じゃ大変だろ。治るまでは俺もマンションにいさせてくれ。手術代は俺が出す」

美香子さんは「ありがとうございます」と敬語で答えた。部屋の奥に横たわるポニーは良治さんの声に気づいて弱々しく尻尾をふっていた。

翌週、動物病院でポニーは手術を受けることになった。だが、すべての悪性腫瘍を取り除くことはできなかった。癌はすでに全身に転移しており、手がつけられない状態になっていたのだ。

退院後、美香子さんと良治さんはポニーを看取るための介護をすることになった。座布団とタオルでつくったベッドに横たえ、スケジュールを組んで代わる代わる声をかけて励ました。ポニーは自力で用を足すことができないほどに弱っており、痩せた体に大きめの犬用オムツをつけ、食事の介助も必要だった。二人は眠い目をこすりながら夜通しポニーに付き添った。

献身的な介護のおかげで、ポニーは余命宣告された三カ月を過ぎても生きつづけた。

美香子さんの目にも、良治さんの目にも、ポニーの体力が限界に達しているのは明らかだった。しかしポニーは大切な家族であり、HIV感染が判明する前までの楽しい思い出をずっと一緒に共有する大切な家族だった。ポニーを失うということは、あの時代を永遠に失うことに等しい。二人は必死になって看病をつづけ、一日でも長くポニーに生きてもらいたいと願った。

ある日の明け方、美香子さんは横たわるポニーの背中をなでていた。痩せ細って肋《ろっ》骨《こつ》が浮び上がり、毛も艶《つや》を失っていた。首輪につけた指輪だけが蛍光灯の明かりに反射して光っている。

寝室では良治さんが寝ていた。もうすぐ起きて交代してくれることになっていた。美香子さんはポニーを見下ろし、つぶやいた。

「ありがとね、私たちのために頑張ってくれてありがとね」

彼女はその時、何気なく発した自分の言葉に大切なことを気づかされた。ポニーが体力の限界を超えて生きているのは、家族の大切な時間を少しでも延ばそうとしているからではないか。ポニーは癌の苦しみに耐えることで、もう一度家族を結びつけようとしてくれているのかもしれない。

そう思うと、美香子さんは涙が止まらなくなった。ポニーへの感謝の気持ちが止めどなく胸にこみ上げてくる。彼女はポニーを抱きしめて言った。

「ありがとうね、ポニー、ありがとう」

ポニーは荒い呼吸をくり返すだけだった。


二月、梅の木に赤い花が咲きはじめた日の朝、ポニーが逝った。

その日の午前六時前、タオルでつくったベッドに横になっていたポニーが急に目を開いた。ポニーは隣で付き添っていた美香子さんの顔を十分ほど見つめた後、静かに目を閉じて、それきり呼吸をしなくなった。それが最期だった。

美香子さんと良治さんは相談してペット専門の葬儀業者に頼んで、火葬にしてもらった。遺骨の納められた壺は、部屋でもっともポニーが気に入っていた日の当たる窓辺に首輪につけていた銀の指輪とともに置かれた。癌の苦しみから解き放たれた今は、ゆっくりと陽を浴びて休んでもらいたかった。

美香子さんは一人、ポニーが残したオムツやタオルを片づけながら、これから自分の生活はどうなるのだろうと思った。夫はポニーの介護のために一緒に暮らしていただけだから、亡き今となってはマンションを出ていってしまうにちがいない。そしたら、今度こそ独りぼっちで生きていかなければならなくなるのか。仕方がないとはいえ、寂しさで胸が押しつぶされそうだった。

その晩、良治さんが帰ってきたのは午後十一時を回っていた。良治さんはなかなか眠ろうとせず、午前一時を過ぎてもテレビの前でビールを飲みつづけた。美香子さんは食卓にすわり、その横顔を見つめていた。彼がマンションを出ていく前に、ポニーの面倒をみてくれたことのお礼だけはつたえなければならないという思いがあった。

テレビ番組が終わった。美香子さんはそれを待ってから口を開いた。

「ポニーのこと、ありがとう」

「うん」

「ポニーが長く生きられたのは良治君のお陰だと思っている……それと、半年ほどだったけど、また一緒に過ごせて嬉しかったです」

良治さんはしばらく黙っていたが、やがて口を開いた。

「かしこまるのはよせよ」

「でも……」

「俺、このマンションにいるから」

「え?」

「ポニーの遺骨もあるし、ここで暮らすよ。ポニーは俺が帰ってきてから元気になった気がした。きっとポニーもそれを望んでいたんだろうし、天国でも喜んでくれると思う」

美香子さんは安堵《あんど》で体の力が抜けていくのを感じた。良治さんは再びこの家で暮らすことを決意してくれたのだ。きっとポニーが八カ月も苦しみながら最後に自分たちを結びつけてくれたのだろう。

「ポニーのお陰だね……あの子が私たちを元にもどしてくれた。これでＨＩＶの治療でつらいことがあっても、頑張っていけそうな気がする」

「そうだな……俺もそうだよ」

「病気のこと？」

「うん。俺も抗ＨＩＶ薬を飲むことになったんだ。一人で副作用と戦うより、美香子と一緒に戦う方が頼もしい」

美香子さんはうなずいて答えた。

「うん、そうだね」

窓辺の骨壺の前では、線香の煙がまっすぐに天井に伸びていた。

梅田、午前二時

大阪、阪急電鉄梅田駅からほど近いカラオケ店の一室では、エアコンから冷たい空気が流れていた。隣の部屋からは歌声が聞こえてきて、ミラーボールがゆっくりと回転している。その男性が少し汗で濡れたＴシャツを脱ぐと、Ａカップのきれいな形の乳房があらわになった。

「ね、僕、ちゃんと胸があるでしょ」

乳首も乳房もまぎれもなく女性のそれだ。ミラーボールの明かりが彼の裸の上半身を照らしている。彼は胸に手を当てた。

「揉むと乳が出るんだよ。見ていて」

胸の先のあたりをしごくように強くつまんだ。すると、妊娠しているわけでもないのに、彼の乳首の先から透明な液体が水滴のように出てきて流れ落ちた。

私は目の前の出来事をどう呑《の》み込んでいいかわからなかった。ＨＩＶの取材をしていたところ、大阪の知人から「友達にＨＩＶ感染者がいる」と言われて紹介されたのがこの男性だったのだ。

彼は胸をつたう液体をティッシュで拭いてつづけた。

「性転換して豊胸手術をしているニセモノは多いけど、僕のように本当の胸がある男性を見たのは初めてでしょ。胸だけじゃなく、チンチンもあるんだからね」

一人の人間が二つの性を合わせ持つことを、「インターセクシュアル」あるいは「両性具有」と呼ぶ。原因は様々だが、染色体やホルモンの関係で性が分化されずに生まれたり、成長途中で体が本来とは別の性に変化したりするのだ。

「胸が大きくなったのはいつからなんですか」と私は尋ねた。

「中学に入った頃からかな。卒業する頃には今みたいな形になってた。男性ホルモンを打っていなければ、もっと大きくなったかもしれないけどね」

「胸を人に見せることはときどきあるんですか」

彼は苦笑した。

「見せたってろくなことはないから見せないよ。石井さんがＨＩＶの取材をしにきたから特別に出しただけだ。この胸とＨＩＶは切っても切り離せないからね」

エアコンからは冷たい空気が流れつづけていた。

彼の名前は、淳平といった。二十六歳。

今は梅田からほど近い住宅街にあるアパートに暮らしているが、生まれ育ったのは東京なので話し言葉は標準語だ。髪は長めで、体つきは女性のように細い。「淳平さん」と呼ぶべきか、「淳平君」と呼ぶべきかわからないので、ここでは淳平と記すことにする。

淳平の体の異常は生まれた時から一目瞭然だったという。赤ん坊の時からペニスが極端に小さく、女性と判断すべきか、男性と判断すべきか見極めるのが難しいほどだった。

現在では医師の判断で「性別保留」として申請することが多いが、当時は担当医がその場の所見だけで性別を判断することが普通に行われていて、そこで言い渡された性が戸籍に記載された。淳平の場合も医師の安易な診断で「男」とされ、男の名前をつけられたのである。

淳平は幼い頃から明らかに体形が女の子のようだった。同級生からは「おかま」と呼ばれてからかわれており、本人も他の男の子と何かが違うことには気がついていた。だが、母はそれに目をつぶり、彼を男として育てることに躍起になっていた。

体に大きな変化が起きたのは、成長期を迎えた頃だった。背丈が大きくなってもペニスは小さいままで、女性のように腰がくびれ、肩の線がなだらかになって、お尻が丸みを帯びてきたのだ。乳房まで膨らみだした。

淳平は悩み、ある日母に相談して病院で診てもらった。医師から告げられたのは、インターセクシャルであるということだった。一つの体に男女の特徴が併存してしまう。その原理は説明されてわかったが、社会では男女どちらかとして生きなければならないのが現実だ。母親は今更淳平を女性として育てるわけにはいかないと考え、医師に頼んで男性ホルモンの注射を打って女性化を止めることにした。

淳平は、母親の指示に従って毎月病院へ行って男性ホルモンをもらい、自分で注射を打ちつづけた。そこまでしても乳房の膨らみを抑えられなかったということは、女性化はかなり急激に進んだのだろう。おそらくホルモン注射を打っていなければ、確実に体は女性のそれに変わっていたはずだ。

だが、そんな淳平の治療環境を一変させる出来事が起こる。高校に入学して間もなく、両親が離婚することになったのだ。問題は体を維持させるための高額な治療費だった。男性ホルモンの注射は保険が適用されないため、一カ月に十五万円ほどかかる。母親のパートの収入は生活を支えるだけで精一杯で、ホルモン治療にまで回すことはできない。

淳平は治療をどうするかという決断を突きつけられた。悩んだ末に出した結論は、何としてでもホルモン注射を打ちつづけるということだった。金がないという理由だけで、いきなり女として生きることなどできるわけがない。

だが、十六歳の高校生が毎月十五万円の治療費を稼ぐことは現実的には難しい。そこで彼は「インターセクシャル」を売りにした売春をして金を稼ぐことにした。両性具有者に興味を示す男に体を提供する見返りとして男性ホルモンを手に入れようとしたのだ。

売春の方法は、二通りあった。ネットの出会い系サイトで客をつかまえる方法と、「おかまバー」で違法のアルバイトをしながら自分を気に入ってくれる男性を探す方法だ。この世界に足を踏み入れてみると、世の中には淳平のような特異な体に性欲をかきたてられる者が大勢いることを知った。彼らにとって十六歳の若いインターセクシャルの肉体はいくら金を払っても惜しくなかったのだ。

高校一年で売春をはじめてから在学中の三年間、淳平は数えきれないほどの男性と肉体関係を持った。一週間に十人以上を相手にしたこともあったから、数百人ではきかないかもしれない。ベッドの中で男性たちは淳平の肉体をなでたり、舐めたりした後、最後に決まって肛門性交を求めてきた。淳平にとってそれは痛いだけだったが、男性ホルモンを手に入れるためだと自分に言い聞かせ、歯を食いしばって相手が果てるのを待った。

こんな生活をして月に数十万円もの大金を手に入れていると、高校を卒業した後も普通の生活を過ごすことができなくなる。淳平は就職せずにおかまバーでアルバイトをしながら、客に誘われるままに体を売りつづけた。一部の人間たちの間には、彼の存在はよく知られており、客が途切れることはなかった。

そんなある日、おかまバーの関係者からこんなことを言われた。

「ウリ（売春）をつづけるならＨＩＶ検査をした方がいいわよ。アナルセックスをすると、すっごく感染しやすいっていうから」

淳平は特に自覚症状もなかったが、同じ店で働く同僚の手前もあり、病院で検査を受けてみることにした。すると、あっけなく陽性であることが判明したのだ。男性と交わっているうちに、肛門性交から感染したのだ。

彼は悩んだ。このままおかまバーで働いていれば、検査結果を聞かれるに決まっている。嘘をつきつづけて働く気にはなれないし、かといって真実を告白すれば客が取れない。食べていくだけならともかくホルモン剤が買えなくなる。

そこで彼が下した決断は、東京を離れることだった。誰も自分を知る人のいない土地で、一から人生をやり直そう。向かった先が、大阪だった。

阪急梅田駅の近くのカラオケ店を出た後、私たちは徒歩でスペイン風居酒屋へ移動した。カラオケ店で二時間ほどかけて生い立ちについて聞いたものの、お互い朝から何も食べておらず、お腹が鳴り出したので、食事をしながら話のつづきをすることにしたのである。

週末であったこともあり、スペイン風居酒屋は大勢の女性客でにぎわっていた。真夏であるため、冷えたビールを飲んでいる人の姿が目につく。私たちもビールを頼むことにした。運ばれてきたグラスを傾けている淳平を見ていて思ったのが、首や肩のラインがまさに女性だということだった。後ろから見れば、間違えることもあるだろう。

私はビールのグラスをテーブルに置いてから尋ねた。

「ホルモン注射のために現金が必要だったというのはわかりました。けど、なぜ売春の相手が男性だったんでしょう？　もともと男性が好きなわけでもないし、アナルセックスは嫌だったわけですよね」

淳平はあっという間にビールを飲み干すと、今度はカクテルを注文した。かなり乱暴な飲み方をするみたいだ。

「正直に言えば、僕は自分自身の恋愛対象がどっちなのかわからないんだ……」

私は首を傾《かし》げた。

「どういうこと？」

「今の僕は男性でも女性でもない。だから、僕が恋愛をしたとして、どっちを愛せばいいのかわからない」

「これまでもずっとそうだったんですか」

「物心ついた時からだね。今まで一度としてちゃんとした恋愛をしたこともなければ、恋人をつくったこともない。どうすればいいのかわからないんだ。石井さんだって、僕に対して誰をどうやって愛せなんて言えないだろ」

淳平は運ばれてきたカクテルをまた水のように飲み干した。顔色は変わらない。アルコールが表に出ない体質なのかもしれない。彼はさらにもう一杯頼んでからぼやくように言った。

「それに、僕が男であることを選んだとしても、ちゃんとしたセックスができないんだ」

「どういうことですか？」

彼は長い髪をかきむしって答えた。

「ペニスが小さ過ぎるんだ。親指ぐらいしかない上に、勃起もしなければ射精もしない……かといって女性の膣がついているわけでもないからそっちでやるのも無理。つまり、僕は男としても女としてもセックスができない」

どちらの生殖器も性行為ができるまでに発達していないのだ。彼は手でピクルスをつまんで食べる。

「じゃあ、女性とセックスをしたことがない？」と私は訊いた。

「遊ばれたことはある。最初は中学の先輩の女性だった。僕の体の秘密を知って、無理やり下着を脱がされて上に乗られた。半分犯されたようなもの。珍しくて面白かったんだろうね。小さいから自分でも入ったのかどうかわからないけど、気持ちいいとかそういうことより、なんか屈辱的だった。僕を相手にしたいって人は男でも女でもみんな同じだよ。僕のことを好きとか嫌いというより、珍しいからやってみたいというだけ」

「これまで数えきれないほどやってきた性行為は、すべて売春によってお金を手に入れるためだったということですか」

「そうだね……あとは寂しさもあるかな。でも、今はＨＩＶに感染したので、性行為をしていても罪悪感を覚えるから、寂しさを紛らわすこともできない」

「売春をしていたことを後悔している？」

「どうだろ。でも、僕にはそれしか方法がなかった。他にどうしようもなかった。それで感染した。だったら、あきらめるしかないだろ」

淳平はカクテルのおかわりを頼んだ。いつの間にか、呂律《ろれつ》が回らなくなってきていた。隣の席の男女が手を叩いて大きな声で笑っている。淳平はグラスをテーブルに置いて消え入るような声で言った。

「もういいんだ。僕はＨＩＶの治療をつづけるつもりはない。エイズが発症して死ぬのを待つことに決めたんだ」

「なぜそんなことを？」

「さっき話したでしょ。僕に寄ってくるのは、おかしな人間ばかりなんだ。治療をやめたのは、それが嫌になったからだ」

私の脳裏に、先ほどカラオケ店を出る前に淳平が語っていた話を思い出した。東京から大阪へ移ってきた後のことだ——。

大阪へやってきた淳平は、HIV感染症であることを隠して映像制作会社にアルバイトとして入った。AD（アシスタントディレクター）として撮影の雑用係などをする仕事だった。

ADは勤務時間が不規則で昼夜の区別なく働いていたが、淳平はその合間を縫って売春をした。ADの仕事で得られる収入は生活費ですべて消えてしまうため、大阪へ来ても副業をしなければ男性ホルモンの注射を打つことができなかったからだ。彼は再びインターセクシャルであることを公言して出会い系サイトで買春客を探し、金と引き換えに体を提供するようになった。

淳平はホテルやマンションで客に抱かれる度に深い罪悪感に苛《さいな》まれた。男性客は淳平がHIV感染者であることを知らないので、大半がコンドームをつけずに肛門性交を求めた。淳平がコンドームをつけた方がいいと言っても、「男同士なんだから妊娠するわけがないだろ」と無理やり挿入してくる。淳平は黙って受け入れたが、心の底では「ごめんなさい」と謝り、HIV感染しないようにと願うしかなかった。一度会った客とは、感染させたかもしれないという思いがあって二度と会うことができなかった。

二十歳を過ぎてから病院を訪れてみると、急激に免疫力の数値が低下していることを告げられた。このままでは発病してしまうので、抗ＨＩＶ薬の服用を開始しなければならない。医師は言った。

「これをしっかりと決められた時間に毎日飲まなければ、体内のＨＩＶがどんどん増えていってしまうよ。絶対にちゃんと飲みつづけるように」

淳平はプラスチックの薬入れを携帯し、仕事の合間に服用した。だが、抗ＨＩＶ薬は一般的な錠剤より一回りも二回りも大きく、人に見られたら何の薬かと訝《いぶか》しがられる。そのため、撮影現場でも、売春でホテルに宿泊している時でも、トイレなどに隠れて飲まなければならなかった。

毎日人目を忍んで薬を飲んでいるうちに、淳平は病気のことを胸にしまいこんでいることができなくなった。感染の事実を誰かと分かち合わなければ、自分がつぶれてしまう。だが、肉親や売春の相手に教えることはできない。一番信頼できる人に告白しよう。そう思い立った。

ある日、淳平は映像制作会社で尊敬している上司に病気のことを告白した。インターセクシャルであること、ホルモン注射のために売春をはじめたこと、そしてＨＩＶに感染して薬を飲んでいることなどだ。洗いざらい話をしたのは彼ならばわかってくれると信じていたからだ。だが、上司はそれを聞いた途端に意外な反応をした。こんなことを言い出したのである。

「そうだったんだ。俺も会社の連中には言いにくい趣味を持っているんだよ。実は昔からＳＭにはまっていて、いろんなやつを調教しているんだ」

淳平は当惑した。上司は彼ににじり寄ってきて言った。

「なあ、俺とやろうぜ。ＳＭならＨＩＶ感染の心配はねえし、一度両性具有のやつをいじめてみたかったんだ。なんかすげえドキドキする」

上司は淳平の話を聞き、自分もまたＳＭの趣味を打ち明けて巻き込もうとしたのである。

淳平は誘いを断ってすぐに逃げ出したかった。だが、秘密を打ち明けてしまった以上、断れば会社や同僚に病気のことを言いふらされてしまうかもしれない。それで彼はやむを得ず「一度だけ」という条件で、上司の家へ行って欲望の対象になったのである。

その日から、上司は秘密を守ることとひきかえに、何度も淳平を家へ誘った。仕事が終わった後や休日に淳平を呼び出し、彼を裸にしてロープでしばったり、小さなペニスやＡカップの乳房を弄《もてあそ》んだりしたのだ。インターセクシャルという珍しい玩具を手放したくなかったのだ。

やがて、上司は同じような趣味を持った仲間を呼び集め、彼らと一緒に淳平を犯すようになった。ホテルの部屋を取り、そこで数人で寄ってたかって彼を触わり、撫で、舐めた。秘密を握っている限り、淳平に対して何をしても構わないと考えていたにちがいない。

淳平は上司に呼び出される日々を過ごしながら、自分の運命について考えるようになった。これまでの自分の人生をふり返れば、なるべくしてＨＩＶ感染したといえた。これからもずっとＨＩＶが体内に残り、誰かに病気の悩みを打ち明けても、上司にされたように、きちんと受けとめてもらうことはできないのだ。

――これから先、人生が大きく変わるとは思えない。病気が自分に死ねといっているのに、それに抗《あらが》って何の意味があるのだろうか。

淳平はそう考え、抗ＨＩＶ薬の服用を自分の判断でやめた。光の見えない人生にピリオドを打つことを決めたのである。

時計の針は、午前一時をゆうに回っていた。スペイン風居酒屋で、淳平は泥酔し、テーブルに突っ伏して眠っていた。ビール、カクテル、ワインを手当たり次第にチャンポンしたあげく酔いつぶれてしまったのだ。

すでに閉店の時間を過ぎていたが、一度店員が声をかけに来た時に酔っ払った淳平が追い返した。それ以来、店員は遠くから見ているだけで近づいてこようとしない。皿の上のハムにはフォークが刺さったままだった。

私はジントニックを飲みながら、今夜、淳平はかれこれ七時間以上ぶっ通しで話をしたのだと思った。インターセクシュアルやＨＩＶ感染症であることの悩み、上司への怒り、人生に対する諦《あきら》め……最初は警戒していたようだが、途中から心の底にたまっていた感情を吐き出すようにしゃべりつづけた。

酔いつぶれる直前、彼は朦朧《もうろう》とした目をしてこうつぶやいた。

「性に関してゆがんだものを持っている人は多い。いつもは普通に仮面を被って暮らしているけど、僕みたいな特別な人間を見つけると、急に餌を見つけた獣のように襲いかかってくる。僕みたいな変な人間ならすべてを受け入れてくれると思っているんだと思う」

ゆがんだ性欲を持っている者にとって淳平は、自分を理解し、一緒に快楽を求めてくれるように映るのだろう。そういう面では、淳平はこれまで人の嫌なところばかりを散々見せつけられてきたのかもしれない。

「虚《むな》しいよ。これから先ずっとＨＩＶに悩まされ、人からは異常者と見なされてねじ曲がった性欲だけを押しつけられる。そんなことがつづくなら、もういいやって思う」

「もういいやって……」

「僕なりに自力で生きた結果がこれだもん。将来何かが変わるとも思えない。ならばもうどうでもいいんだ」

私は淳平の言いたいことがわかるからこそ、表面的な言葉で慰めることができなかった。彼も返答を聞こうとはせず、テーブルに突っ伏して眠ってしまったのだ。

店員が近づいてきて、申し訳なさそうに、すでに閉店しているので支払いを済ませてほしいと言った。私は店員に謝ってお金を払うと、酔いつぶれた淳平の肩を抱いて店を出た。タクシーに乗り込み、あらかじめ聞いていた住所のアパートへ送り届けることにした。荒っぽい運転のタクシーは左右に揺れながら進んでいく。淳平は背もたれに寄りかかり、真っ赤な顔をして目をつぶっていた。

五分ぐらい経っただろうか。突如淳平が私の肩にもたれてきた。

「大丈夫ですか」と訊いてみる。

淳平はうっすらと目を開けた。

「ねえ、石井さん、今日僕が話したことを記事にするの？」

「たぶん」と私は答えた。

「き、記事にするならお願いがあるんだ。いい？」

「何ですか」

「僕に群がってくる人たちは変質者ばかりだ。け、けど、彼らもたぶん寂しいんだよ。寂しいから僕みたいな人間にあんなことをしてくるんだ。かわいそうなやつらなんだよ。だから、彼らのことは悪いようには書かないでほしい。僕と同じぐらい、彼らだってつらいんだから」

淳平は人の嫌な面と同時に、彼らの孤独も胸がしめつけられるほど見ているのだろう。だから泥酔しながらもそんな言葉を漏らしたのだ。

タクシーは夜の風を浴びながら走っている。対向車線の自動車のハイビームが眩《まぶ》しい。淳平はいつの間にかまた寝息をたてはじめた。

私は腕時計を見た。時計の針は、午前二時を回っていた。

第六章　隔離者の告白

祭りの陰

　地下鉄の浅草駅から地上に出ると、朱塗りの雷門が現れる。「雷門」と書かれた巨大な提灯《ちょうちん》がつるされ、門の左右に立つ雷神と風神が訪問者を拒むように睨みつけている。

　門をくぐって土産物店が並ぶ仲見世を歩いていくと、仁王尊像が置かれた宝蔵門にたどりつく。この先に浅草寺《せんそうじ》の本堂がある。広々とした境内《けいだい》には砂利が敷かれており、百羽を超す鳩が餌《えさ》を求めて集まっている。地方からの観光客や外国人旅行者が足を止め、笑顔で写真を撮っている。

　この境内の隅で、みすぼらしい身なりをした老人たちが地面にすわり込んだり、ベンチに集まったりして昼間から缶ビールを飲んでいる。ホームレスや近所のドヤ（簡易宿泊所）で暮らす生活保護受給者たちだ。彼らは暇を持て余して毎日ここに集まり、同じような境遇の仲間とともに過ごしているのだ。

夏の日の午後、私は雑誌の取材のため、ここに集まっていた老人たちに声をかけて回っていた。彼らがどのような経緯をたどってホームレスになったり、生活保護を受けるようになったのか、聞かせてもらっていたのだ。話すのを嫌がって追い払う人もいれば、一緒に酒を飲めと焼酎を出してくる人もいる。

話によれば、彼らが社会からはじき出された理由は様々だった。肉体労働者として全国を転々として働いた末に怪我で体が動かなくなって生活保護に頼ることになった人、一流企業に勤めていながら軽い気持ちで罪を犯してすべてを失った人、九州でヤクザをやっていたが疲れて組を抜けて東京の路上で暮らし出した人……まさに十人十色の人生があった。

興味深かったのは、七十年以上も浅草界隈《かいわい》で暮らしてきた老人の話だった。彼は浅草で生まれ育ち、五十歳を越えてから失業し、ホームレスとなった。住居を失ってもなお浅草に居つづけたのは、この町が好きだからだという。彼は昔の思い出と今の自分を重ね合わせるようにこうつぶやいた。

「昔から、ここのお寺には貧しい人たちが集まっていたんだ。五月の三社祭《さんじゃまつり》は特にすごい。私が子供の時分は、ただの物乞いだけでなく、ハンセン病のそれも全国から続々とやってきてずらっと地べたにすわっていたものだ」

「ハンセン病？　ここにやってくるんですか」

「ああ、戦後十年か、二十年ぐらいはかなり見かけた。三社祭では、雷門から本堂にかけての道端にすわり込み、鈴や空き缶を鳴らして物乞いをしていた。最初は怖い人たちだなと思っていたけど、毎年のように見ていると、隅の方で仲間と屋台のおでんをつまみに酒を飲んだり、テキヤの荷物運びを手伝ったりしてそれなりに楽しそうだった。子供ながらに、彼らみたいな人生もあるんだなって思ったものだ。まさか半世紀後に、自分が同じようにホームレスになってここにすわっているなんて夢にも思っていなかったな」

老人はそう言って大きな声で他人事《ひとごと》のように笑った。

私は海外を旅する際にハンセン病の患者によく会った。彼らは鼻がなかったり、唇が垂れていたり、指を喪失していたりすることがあり一見すると近づき難い。地元の人々にも避けられていた。

だが、老人は三社祭に集まっていたハンセン病の物乞いたちを懐かしそうに思い出し「それなりに楽しそうだった」と語った。きっとそれはハンセン病患者たちが地元民に溶け込んで過ごしている光景が目に焼きついていたからだろう。ハンセン病の物乞いはともすれば差別の象徴と考えられているが、人によってはそれとは違う印象を持っている者もいるのだ。だとしたら、祭りの場に集まっていたハンセン病患者とはどういう人たちだったのだろうか。

私は老人の話を聞きながら、そんなことを考えた。


それから一年ほどして、私は東京都東村山市にある国立療養所多磨全生園《たまぜんしょうえん》を訪れることになった。ここはかつて東京の外れの深い森の中につくられたハンセン病患者の隔離を一つの目的とした療養施設だ。浅草で会った老人に教えてもらったハンセン病患者の話が気になり、今なお療養所に暮らす元患者に直接尋ねてみようと思ったのである。

ハンセン病の歴史をふり返ってみると、それは差別の歴史といっても過言ではない。ハンセン病は感染力が非常に弱いとはいえ、らい菌に感染することによって引き起こされる慢性感染症の一つであり、体内に入り込んだ菌は末梢神経を蝕《むしば》んで、四肢を変形させたり、視力を奪ったり、皮膚に紅斑《こうはん》を生じたりする。

外見に表れる症状から、人々は必要以上に恐れて病人を遠ざけた。ハンセン病患者を出した一族を「カッタイ筋」などと蔑《さげす》んで村八分にしたり、病院や学校など公的な場所からも排除したりしたのだ。カッタイとは、ハンセン病や乞食を示す言葉だ。

国の対応もまた似たようなものだった。政府は一九〇七年（明治四十年）に「癩予防に関する件」という法律をつくり、国を挙げてハンセン病患者を隔離する政策を打ち出した。警察や保健所が全国のハンセン病患者を、人里離れたところにつくった療養所に強制的に収容することで、社会に出さないようにしたのである。

この隔離政策は一九三一年（昭和六年）に「癩予防法」が制定されたことで一段と厳しさを増し、療養所に収容されたハンセン病患者は、外を出歩くことさえ許されなくなった。施設内では子孫を残さぬよう断種手術が公然と行われ、それでも妊娠した場合は中絶させられた上で胎児を医学標本とされることもあった。病気に対する恐怖心が過剰な差別を生みだし、国家が患者の人権を踏みにじることになったといえるだろう。

差別が弱まったのは、太平洋戦争が終わってしばらくしてからだ。アメリカからプロミンという治療薬が輸入され、患者たちは病気の進行を止めることができるようになった。病気の進行を止めたり、新規の患者を症状が悪化する前に治療できるようになり、一部の人々は社会復帰も可能になった。そして一九九六（平成八）年、ついに国は隔離政策が間違いであったことを認めて「らい予防法」を廃止、二〇〇一（平成十三）年にはハンセン病補償法が成立、元患者らに補償金が支払われることになったのである。

今回、私が訪れた多磨全生園の前身は一九〇九年（明治四二年）につくられた公立療養所第一区府県立全生病院。戦後間もない頃は一千二百人ほどのハンセン病患者が収容されていたが、現在残っているのは二百三十三人。彼らはらい予防法が廃止されても、家族関係が壊れたり、体に残った障害などから社会復帰することができなかったりして、療養所で過ごすことを選んだ人たちだ。二〇一三年時点で平均年齢が八十三歳と、かなり高齢化している（注　二〇一八年一月時　入所者百七十一名。平均年齢八十五・五歳）。

秋の日の午後、多磨全生園を取り巻く緑の林は、涼風に揺れていた。大きな窓のある部屋で面会に応じてくれたのは、ここで暮らしている八十代のハンセン病患者、佐川さんだった。彼は若い頃にハンセン病と診断された後、多磨全生園が満員だったことから群馬県草津町にある国立療養所栗生《くりゅう》楽泉園に移された。そして三十三歳の時、空きが出たため、多磨全生園へ移ってきたという。以来、半世紀をここで暮らしているのだ。

私は佐川さんにどのような差別の歴史があったのかを尋ねた。まだ隔離政策が行われていた時代だったからこそ多くの体験をしてきただろうと思っていたのだ。だが、彼の返答は予想とは違った。

「僕はそこまでひどい差別を受けた記憶はないんだよね。差別っていうのは時と場所によって大きく違うものだから、つらい体験をした人もいたようだけど、僕の場合はあまりそうじゃなかった」

時間が経てば悪い記憶は薄まるし、良いことを思い出したがるようになる。佐川さんもそうなのかもしれない。私はそう考えながら質問をつづけることにした。

「最初に草津の療養所に入った当時も同じように感じていらしたのですか」

「昔の草津はいいところだったよ。あそこは温泉が有名でしょ。草津の温泉はハンセン病によく効くといわれていた。普段は療養所のお風呂に入っているんだけど、故障でつかえない日などは僕たちも治療をかねて地元の温泉に入ったものだ。お見舞いに来た一般の人なんかも平気な顔をして同じ湯に入っていたよ。しかも混浴だった」

「混浴？」

「うん。男も女も同じ風呂に入るんだよ。ただ、戦後にやってきた進駐軍から、『混浴は禁止だ！』なんて命令を出されたことがあった。習慣が違うからとんでもないことをしていると思われたのかもしれない。だけど、僕たちは『ここは混浴だから治安が良いんだ』なんて言って従わずに混浴をつづけた」

「では、お湯の中では、男の人も女の人も仲良くしていたんですね」

「もちろんだよ。お湯につかりながら裸のまま身上話や世間話をしたよ。そうやってお互いのことを知ったんだ。誰も嫌がるなんてことはなかった」

お互いを知ることが差別をなくすことにつながる。それは昔も今も同じなのかもしれない。

「地元の人との恋愛というのはあったんですか」と私は尋ねた。

「恋愛はもっぱら療養所の中だった。療養所を見ればわかると思うけど、人間関係はかなり限られてしまう。俺たち男性は基本的に女性の入所者か、そこに勤めている看護師としか知り合う機会がない。恋愛と言ったらだいたいどっちかが相手だ」

「患者さんと看護師が恋に落ちるんですか？」

「ああ、戦前までは看護師の数が少なくて、日常の細かいことは患者同士で助け合ってやっていた。ところが、戦後になって看護師がどっと入ってきていろんなことを助けてもらえるようになった。それで看護師さんと仲良くなって恋愛沙汰になるんだ」

私はそれを聞いて、ある別のハンセン病患者から聞いた話を思い出した。療養所で働く看護師には新興宗教の信者が多かったという話だ。

かつては医療従事者もハンセン病に対して過剰なほどの恐怖心を抱いており、療養所で働きたがらなかった。そんな時代、自らの意志で働きにきた看護師の中には、当時はまだ新興宗教の一つであったA会やB教の信者が少なからずいたそうだ。

宗教では、社会的に弱い人たちに手を差し伸べることを大切な教えの一つとしていることが多い。また、新興宗教の信者であるがゆえに一般の病院では働きにくかったということもあったかもしれない。それで彼女たちの一部は人が近づきたがらない療養所で勤務することを志願したのだそうだ。

こうした看護師と恋に落ちた場合、大抵男性の患者は彼女が信仰する宗教に入信したという。中には、看護師と仲良くなりたいために入信した者もいたらしい。

私はこの話を思い出しながら佐川さんに尋ねた。

「ここで働いていた看護師さんはどんなタイプの方が多かったのですか」

「熱心だったけど、向こう見ずな人も多かった。看護師の中には男性と仲良くなると、自分が一生生活の面倒をみてあげるみたいな約束をして駆け落ちをする人もいた。療養所を出ていってしまうんだよ。看護師の資格があれば、一人ぐらいなら食わせていくことはできただろうしね。僕もそうやって同棲をはじめたカップルは何組か知っている」

「結婚生活はうまくいくものなんですか」

「そうとは限らない。社会はハンセン病患者と結婚した女には冷たいよ。病院で看護師の仕事を得られたとしても、同僚からは『ハンセン病の人間と一緒に暮らしている女となんて働きたくない』という声があがる。妻はそれにショックを受け、家に帰って夫にぼやくだろ。そうすると、夫は『俺のせいで申し訳ない』なんて言って萎縮《いしゅく》してしまい、余計に病気であることを隠そうとしたり、家に閉じこもって人に会おうとしなくなったりする。こうなると、夫婦関係にひびが生じて、やがては関係が壊れてしまう」

「病院に対して黙っていることっていうのはできなかったのですか」

「そもそも、その看護師は療養所に勤めていたわけだから、前歴はどうしても新しい勤務先に知られてしまう。自ずと夫がハンセン病であることが明らかになる。あの時代はみんなこの病気に関して過剰なぐらい敏感だったから隠し通すのは難しかったと思う」

療養所で暮らしているのならともかく、一歩外へ出るとまだ様々な偏見があった。外に移り住んだ夫婦が、そうした圧力によって引き裂かれた例は少なくなかったはずだ。

私は出されたお茶を飲んだ。浅草でホームレスの老人から聞いた話を確かめてみようと思った。

「戦後しばらくの間、三社祭の際に浅草の雷門のあたりで、大勢のハンセン病患者がすわり込んでいたと聞きました。ハンセン病患者は療養所で暮らす限り、最低限の生活だけは保障されていたはずです。彼らはなぜ療養所の外に出て祭りの時期に物乞いをしていたのでしょう」

　佐川さんはうなずき、昔、人から聞いた話であると前置きして説明した。

「祭りの際の物乞いは、大体二つに分かれるそうだ。一つは、今話したように駆け落ちなどで療養所を出た患者が、外の世界で食うに困ってやむなく施しで生きようとする例だ。妻の収入だけじゃ生計が成り立たなくなったり、妻と別れて自分だけで生きていかなくてはならなくなったりすると、他人の善意にすがって生きるしかなくなることがあったんだよ。療養所にもどらない限り、お金は必要になるからね」

　私はうなずいた。佐川さんはつづけた。

「もう一つが、療養所で静かに暮らしているのが苦手で、外でいろいろとやらずにはいられない人だ。彼らは普段療養所に住んでいるが、大きな祭りがある日などは突然スーツを着てさりげなく出ていく。そして祭りの場では浮浪者みたいな恰好《かっこう》をして地べたにゴザを敷いて『お恵みを』なんて言って手を差し出す。二、三日もやればがっぽりと稼げるから、そのお金で好きなものを買ったり、遊んだりして、何事もなかったような顔をして帰ってきたものだ」

「そんなに稼げたんですか」

「普段はそんなお金にはならないけど、祭りの時はかなりの収入になると聞いたことがある。汚い格好をしていれば同情してくれる人がたくさんいただろうね。昔は差別もあったんだろうけど、助けようとしてくれる人もいたんだ」

人々は差別をする一方で、ハンセン病患者たちを憐れんで手を差し伸べてくれることがあった。三社祭に彼らが集まった背景にはそうした人間臭さがあったのだ。

佐川さんはつけ加えた。

「そうそう、中にはずるがしこい男もいたよ。これは草津で聞いた話だけど、ある男は警察署という警察署を回って、『俺はハンセン病だ。神経痛で苦しんでいる。どうか薬をくれないか』って頼んだらしい。警察官はいきなりハンセン病の患者が来たことに驚くし、病気のこともあるから、常備してある痛み止めの薬なんかをあげるだろ。男はそうやって方々の警察署で薬をもらい、それを別のところで売りさばいて金にする。かなりの儲けになっただろうね。とんでもない行為だけど、昔のハンセン病患者にはそういうたくましさみたいなものがあったんだよ」

「精神的にも強い人が多かったんですね」

「大変な時代だったから、そうでもしなければ生きていけなかった。自然とたくましくなるんじゃないかな」

私は話を聞きながら、差別の時代を生きていたハンセン病患者たちの姿が垣間見えたような気がした。

暗黒の時代がつづく中で、彼らの一部はその壁を突き破るように、生まれもった強靭《きょうじん》な精神や明るさで地元民との混浴を楽しんだり、看護師と恋に落ちて駆け落ちをしたりしていたのだ。きっと三社祭に集まっていたのもそんな人たちだったのだろう。だから、今なお老人たちの記憶にも焼きついているのだ。

「前に、浅草でホームレスをしている老人がこう言っていました。祭りに来ていたハンセン病の人たちは『それなりに楽しそうだった』って。佐川さんのおっしゃるたくましさがそう見せていたのかもしれません」

佐川さんはうなずいた。

「そうかい。それは、あの人たちも喜ぶかもしれないね」

彼はそう言って笑った。私も小さくうなずいた。

四国遍路

二〇一一年の秋、私は香川県の高松港から小さな官有船に乗っていた。エンジンの音が船内に響き渡り、船腹に波がぶつかる度に左右に大きく揺れる。乗客は私の他に数名しかいない。

目指す先は、高松港から東北八キロに浮かぶ大島だった。わずか七十三ヘクタールのこの島には、ハンセン病療養所である国立療養所大島青松園《おおしませいしょうえん》があった。ハンセン病患者を隔離するためにつくられた孤島の施設だ。かつて、患者たちはここに送られることを「島流し」と言って恐れていたという。

私がこの島を目指したのは、以前から四国の「へんど」について関心があったからだ。四国にある八十八カ所の霊場を回る巡礼を「遍路」と呼ぶ。八十八カ所すべてを回り終えることを、結願《けちがん》といって願いがかなうと信じられている。

遍路は江戸時代から庶民にも広まり、多数の人が四国に集まってきたが、その中にはハンセン病患者のような、当時は不治の病とされた病気を抱えた者も多かった。彼らは体を蝕《むしば》むハンセン病の治癒を願い、何年、何十年もかけて八十八カ所を回っていたのだ。地元の人たちは彼らを普通の遍路とは分けて「へんど」と呼んでいたのである。

最初にこの風習について知ったのは、学生時代に宮本常一の著作『忘れられた日本人』を読んだのがきっかけだった。民俗学者の宮本常一は、高知県の寺川にある森を通りがかった時に偶然ハンセン病患者に出会ったことを次のように書き残している。

その原始林の中で、私は一人の老婆に逢いました。たしかに女だったのです。しかし一見してはそれが男か女かわかりませんでした。顔はまるでコブコブになっており、髪はあるかないか、手には指らしいものがないのです。ぼろぼろといっていいような着物を着、肩から腋《わき》に風呂敷包を襷《たすき》にかけておりました。大変なレプラ（注・ハンセン病）患者なのです。全くハッとしました。細い一本道です。よけようもありませんでした。私は道に立ったままでした。すると相手はこれから伊予の某という所までどの位あるだろうとききました。私は土地のことは不案内なので、陸地測量部の地図を出して見ましたがよくわかりませんから分らないと答えました。そのうち少し気持もおちついて来たので、「婆さんはどこから来た」ときくと、阿波から来たと言います。どうしてここまで来たのだと尋ねると、しるべを頼って行くのだとのことです。「こういう業病で、人の歩くまともな道はあるけず、人里も通ることができないのでこうした山道ばかり歩いて来たのだ」と聞きとりにくいカスレ声で申します。老婆の話では、自分のような業病の者が四国には多くて、そういう者のみの通る山道があるとのことです。私は胸のいたむ思いがしました。

四国の深い森の中に、遍路が通る道とは別に、ハンセン病患者たちが遍路をするための道があるという。これを「カッタイ道」といった。

これまでハンセン病患者の遍路については、映画『砂の器』などで描かれたり、多磨全生園に「母娘遍路像」がつくられたりするなどわずかながらに記録が残されている。だが、実際に八十八カ所を回った人たちがその後どうなったかについてはほとんど明らかにされてこなかった。現実的に考えても、戦前のことだから存命する人を見つけるのは難しい。

だが、こうした史実をたどることがまったくできないわけではない。遍路をしていたハンセン病患者の一部が「らい予防法」によって、地元の療養所・大島青松園へ強制収容されたこともあったはずだ。だとしたら、今、そこにいる高齢の入所者たちが若い頃に彼らと会って、当時の体験を聞いていたとも限らない。彼らに尋ねれば、何かがわかるのではないか。

私はそんなまったくの思いつきから、十一月の終わり、寒くなりはじめた海を官有船で渡り、大島青松園に到着したのである。

大島の港に到着すると、白い浜辺には松の木が風情を漂わせて立っていた。老樹の枝は鹿の角のように伸び、白い砂をすくおうとしているようだ。この松は「墓標の松」と呼ばれているが、その由来は八百年以上前に遡《さかのぼ》る。

一一八五年、屋島の合戦で源義経率いる源氏が平家の軍を打ち負かした。言い伝えによれば、その際平家の武士たちは戦死した仲間の遺体をこの浜辺に運び、武器とともに埋めたという。平家の武士たちは遺体を埋めた場所がわかるように墓標の代わりに松の木を植えた。そこから「墓標の松」という呼び名がつけられたのだ。

浜辺を抜けると、その先に大きな公会堂が現れ、その裏には白い平屋の建物が並んでいた。ここがハンセン病の療養施設だった。私は職員に案内されて島の一部と施設内を見て回った後、施設内の会議室に通された。あらかじめ私がここへ来る趣旨をつたえて入所者を紹介してくれるよう頼んでおいたのだ。部屋で待っていてくれたのは、長い間ここで暮らしてきた高齢の男性だった。唇が少し垂れており、指に麻痺が残っているらしく動きがぎこちない。治療法が確立して投薬がはじまった時点で、すでに病状がある程度進行していたのだろう。

私は簡単にここに来た理由を話してから、四国遍路をしていたハンセン病患者のことを知らないかと尋ねてみた。彼はうなずいて答えた。

「僕は遍路をした経験がないんだ。でも、この療養所には遍路をしたことのある人が暮らしていた。戦前は薬もなかったから、遍路によって病気が治るように祈って野道を歩くしかなかったんだよ」

やはり遍路をしていたハンセン病患者はここに送られてきていたのだ。きっと彼らは若いハンセン病患者たちに自分の過去を語っていたのだろう。

「ぜひ聞かせてください。あの方たちが四国の山奥でどう暮らし、ここに来たのかを知りたいのです」と私は答えた。

「もし彼らから聞いた話でよければ」

「もちろん、それで構いません」

私は頭を下げた。彼はうなずいて、ゆっくりと口を開いた。何十年も前に聞いた話を一つひとつ思い出しながら語りだした——。

戦前、日本の各地で、ハンセン病の隔離政策が行われていたことは知っているね。ハンセン病は幼児の時に感染し、十代とか二十代で発病することが多い。学校や病院の検査などでひっかかり、精密検査で病気が確定すると、保健所の人たちが家にやってきて療養所へつれていくんだ。

病気の進行には個人差があって、感染がわかっても体に誰の目にも明らかな症状が出るまでだいぶ年月がかかることがある。彼らの中には療養所へ行って一生閉じこめられることを嫌がり、家に引きこもることで病気を隠そうとする者もいた。僕自身、病気がわかってからもそれを隠して、しばらく家で暮らしていた。親としても、ハンセン病とはいえ子供を手元に置いておきたかったんだろう。

だが、薬のない時代、ハンセン病の人たちは病気の進行を食い止める方法がなく、日に日に悪化していくのを見ていることしかできなかった。指が動かなくなり、皮膚から感覚が消え、体に紅斑がでてくる。やがては周囲の人々も病気に気がついて「彼は癩にかかっているのではないか」なんて噂をしはじめる。

親は治療法がない中でも子供の苦しみを和げてあげたいと願い、神仏にすがるようになる。その一つの形が四国遍路だったんだ。ハンセン病患者本人の意志で一人で旅立つ者もいた。険しい山の中を歩いて札所を一つひとつ回ったそうだ。

彼らが一人でも遍路をしたのは治癒を願うことの他に、地元の人に食べ物をもらいやすいという理由があった。四国の人々は遍路に対して「お接待」といって食べ物やお金をお布施として渡す習慣がある。ハンセン病患者の中には働くことができず、お金がないことから、お接待を受けて食いつないでいた人もいたんじゃないかな。

四国に渡ったハンセン病患者の全員が全員、八十八カ所を巡礼していたわけではない。途中で同じ病気の者同士が知り合い、数人のグループをつくり、橋の下や森の奥に小さな家を建てて共同生活を送ることもあった。

彼らは手分けをしていろんな手段で生計を立てていた。ある者は札所となっている寺院の入り口の石段にすわり込んで物乞いをし、ある者は民家を一軒ずつ回ってお金や食べ物を乞う。地元民の喜捨《きしゃ》に頼って生きるんだ。

中には悪知恵の働く者もいたらしい。近くの町へ行って、店頭に並べられている食品にわざと素手でベタベタ触る。他の客に見えるようにね。店の主人からしたらハンセン病の人間に触られた商品なんて売り物になるわけがないから、「その商品は台無しだから持って帰れ。その代わりもう二度とここには来るな!」と言って追い払う。差別を逆手にとって、食べ物を手に入れていたんだよ。

どうしてハンセン病の人間は療養所に入ることを嫌がっていたのかって? 当時の療養所の中には監獄のようなところもあり、まったく自由がなかった。規則に違反すれば独房のような所に閉じ込められたし、職員によるいじめなんかもあった。また、「大島へ送られれば、人体実験をされ血を全部抜かれる」なんていう噂も流れていた。ハンセン病の者たちはそうしたことを恐れて、身を隠しながら転々としていた。こうした人たちは「浮浪癩《ふろうらい》」と呼ばれていた。

取り締まりが厳しくなったのは、一九四三年(昭和十八年)に大規模な狩り込みが行われてからだった。四国でもあちらこちらで取り締まりが行われ、橋の下や森に潜んでいるところを一網打尽にされたり、札所で物乞いをしているところをつかまったりして、療養所へ送られることになった。収容先で一番多かったのが、ここ大島青松園か、岡山にある国立療養所長島愛生園《ながしまあいせいえん》だった。

療養所にはボスのような患者がいて、取り仕切っていた。下っ端の入所者たちをずらっと従えてグループをつくり、実質支配していたんだよ。特に自治会がなかった昭和六年以前はひどかったといわれている。

また、入所者の間にも大きな格差があった。戦前は配給が少ないから、入所者がそれぞれ島に畑をつくって野菜を育てたりしなければならなかった。自然と要領のいい人間は多くを手に入れ、そうでない者は貧しくなる。豚を育てて売ることで大儲けしていた人もいたぐらいだからね。入所者も富める者とそうでない者とに分かれていたんだ。

療養所内にいたボスは、いろんなことを自分で決めてみんなに従わせていた。たとえば、誰と誰を結婚させるかということまで決めていた。ハンセン病というのは女性より男性の方が発病する割合が高く、男女の比率は三対一ぐらい。時期によって療養所内ではもっと差が開いていることもあって、場合によっては、女性の奪い合いで争いが起きてしまう。

そこでボスは争いごとが起きないように独断でどの男女を夫婦にするのかを決定する。新しく女性が入所してきたら、「おまえが彼女と結婚しろ」と命じるんだよ。基本的には順番待ちなんだけど、ボスに気に入られればいい女性を早く回してもらえることもあるから、当然媚《こび》を売るような者も出てきたらしい。

例外は在日朝鮮人の入所者たちだった。在日朝鮮人は在日朝鮮人同士で一緒になるのが一般的で、日本人と結婚することはあまりなかったな。在日朝鮮人が大勢いたのかって？　少なくはなかったよ。戦後でも常時十数人はいたと思う。

ただし、当時の結婚生活なんてプライバシーもへったくれもないような状態だった。療養所内にあるのは、男子寮と女子寮の二つだけで、いずれもだだっ広い部屋があるだけで、患者たちはそこで一緒に寝るのが基本だ。壁はもちろん、衝立《ついたて》もない。もし夫が妻を抱きたいと思ったら、女子寮に行って、他の女性たちが寝ている横でそれをしなければならない。むろん、みんなに気づかれているだろうけど、布団の中に潜り込んでゴソゴソとやるしかない。

そんな夫婦生活の中では、時々「失敗」もあったようだ。暗いのをいいことに夫が他の女を抱いてしまったり、妻の方が過ちを犯したり。男女の仲のことだから、稀《まれ》にこうしたことも起こっていたんだ。

とはいえ、いつの時代でも浮気が発覚すれば血を見ることになる。この療養所では、浮気が明らかになった場合、基本的には男性の方が責任を取らされることになっていた。他人の妻を寝取った男は袋叩きにあって島を追放され、岡山や東京の療養所へと送られるんだ。女性の方から男を誘ったこともあっただろうけど、ここでは女性の数が少ないこともあり、守るべき存在とされていたのかもしれない。

でも、女性は女性で大変なことがたくさんあった。特に子供を産んだ場合だ。あの頃、ハンセン病は遺伝による病気だという説もあり、堕胎が推奨されていた。結婚前に断種手術を受けることにはなっていたが、その前に妊娠してしまえば療養所側から中絶を勧められる。勧められるというか、半ば圧力でそうせざるを得ない状況に持っていかれる。一九四五年（昭和二十年）前後までは出産した直後に赤子の顔に濡れたガーゼをかぶせて窒息死させることもあったらしい。

殺された胎児や赤ん坊は医師によってホルマリン漬けにされ、標本として保管されたこともあった。ハンセン病患者は、死ねば解剖されたし、子供を産めば標本にされたんだ。

ただ、さすがに胎児の死体を標本にしていることは母親たちには知らされていなかった。昭和五十年代になって入所者の人権が尊重されるようになった際に、そうした暗い過去が次々に明らかになって調査が行われ、死体標本の入ったホルマリンの瓶が発見されてすべてがわかったんだよ。死体標本は一体ずつ火葬されて供養され、解剖台は今も施設内にほったらかしにされて潮風にさらされている。

療養所の入所者は、基本的に外へ出ることを許されていなかったから、内情を訴えることもできなかった。家族の葬儀などちゃんとした理由がある場合は一時的に帰省することが認められていたんだけど、その際は療養所内に保証人を立てる必要があった。

たとえば、Aさんが帰省する場合、友人のBさんに保証人になってもらわなければならず、もしAさんがそのまま帰ってこなかったら、保証人Bさんが代わりに罰を受けて一週間ぐらい独房に入れられることになる。そういう保証人制度を設けることで入所者の脱走を防いでいたんだ。もっとも入所者の多くは脱走したところで行くところもなければ、生きていく手段もないというのが実情だったけれど。

これまで四国遍路をしたり、グループをつくって暮らしたりしていた人々にとって島での暮らしは耐えられないほど息苦しく、希望のないものだった。特にある程度の年齢になって世の中を知ってからハンセン病にかかり、ここにつれてこられた人はその思いが強かっただろうね。中には「生きていても仕方がない」と考えて自殺してしまう人もいた。

島での自殺は、首つりが多かった。ここへは官有船で来たと思うけど、港の先に松があっただろ。真夜中にこっそりと寮を抜けてあの松の枝にロープを結んで首をつるんだ。職員や入所者たちは「またか」と心の中で思いながら枝を切って遺体を下ろす。枝ごと切ることにしていたのは不吉なものを祓《はら》おうとしたのかもしれない。

遺体は、家族に引き取るのを拒否され、島にある火葬場で焼かれることが多かった。

遺灰を浜辺にまくんだけど、夜な夜なそこにヒトダマが飛び交うなんて話もあった。ヒトダマとなって出てきた故人も、この島で最期を迎えなければならない悔しさがあったんじゃないかな。

ハンセン病を取り巻く環境が改善されはじめたのは、一九四七年（昭和二十二年）に治療薬プロミンがアメリカから輸入されるようになってからだ。それまでいろんな薬が実験的に試されてきたけど、どれも全然効かなかったから今回もダメだろうと思っていたんだけど、これが驚くほど効果があった。病気の進行がピタリと止まったんだ。

これによって、入所者の中に療養所を出て自分で生活していこうとする者が現れるようになった。病気の進行が止まれば、隔離される必要もなくなったわけだから当然といえば当然だ。療養所側も、本人が出たいという意思をしっかりと持ってさえいればそれを認めるようになっていった。

でも、だからといって療養所側が自立を支援したわけでもないし、促したわけでもない。あくまで自己責任の上で出たいのなら勝手に出てもいいという姿勢だった。退所の基準も明らかにされなかった。

入所者からすれば、家族とも友人とも縁が切れているのにどうやって外で生きていくんだって思いだ。だからプロミンを服用して回復したにもかかわらず、その後何十年も療養所に残った人も少なくなかったんだ。

四国遍路の経験のある入所者はどうしたかって？　プロミンが出た頃は何人もいたはずだろうけど、すでに年配の人が多かったから、そこから社会に復帰するのは難しかったんじゃないかな。

特に長年外で暮らしていた人は、病気の悪化で手足を切断したり、目が見えなくなったりしている人が多く、プロミンによって病気の進行を止めることができたとしても、療養所に残って衣食住を保障してもらって生きるしかなかったろうからね。不本意にもそういう道を歩まなければならなかった人は多かったはずだ。

聞いたところによれば、昭和四十年頃まで一度もつかまらずに四国をめぐって旅をしていたハンセン病患者もいたらしい。彼らは世間から完全に隔絶した世界で暮らしていたため、プロミンができたことを知らなかった。それでいつまでも森や橋の下のバラックに身を隠しながら暮らしていたんだ。

ごく稀に見つかって保護されることもあったようだが、ほとんどはその前に命を落としてしまったんじゃないかな。病身のまま野外で暮らすというのは大変なことだからね。昭和五十年頃には、四国八十八カ所の霊場でもハンセン病患者の姿を見なくなった。

考えてみれば、四国遍路をしていた人たちは、本当に不運な時代を生きたといえる。あと二十年生まれるのが遅かったら、あるいはハンセン病を発病するのが遅かったら、全然違う人生を送っていた人はたくさんいたはずだ。

本人からすればさぞかし悔しかっただろう。これも人の世の巡り合わせということになるのかもしれないけど、その無念はどんな言葉でも言い表せないはずだ。最後まで口を閉ざして島で一生を終えることしかできなかったと思う。


会議室での面会は一時間半ほどで終了した。日本の暗い過去が胃の底にずっしりともたれているような思いだった。

話を聞いた後、私は施設の職員につれられて、裏山の丘へと登ってみることにした。島を一望できる高台になっているらしい。緩やかな坂道に潮風が吹きつけており、海の彼方《かなた》から漁船の汽笛が聞こえてくる。官有船に乗れば、高松港までわずか二十分ほどだ。だが、かつてこの島に収容されていた入所者たちにとって、その距離はどれほど遠かったのだろう。

坂道を登っていくと、道が二手に分かれる場所があった。職員が立ち止まってふり返った。

「これは、四国八十八カ所を模したものなんです。ご覧になってください」

よく見ると、道の両脇に数メートル間隔で石仏が並んでいた。石仏にはそれぞれ札所の番号や寺の名前が刻まれており、霊場の代わりであることを示している。

職員はこう説明した。

「この療養所の入所者は遍路をすることを望んでいました。でも、一度ここに来たら遍路をすることはできない。大正時代、霊場の僧侶がそんな入所者たちを気の毒に思って、他のお寺に呼びかけて八十八体の石仏をつくって寄贈してくれたのです。それで入所者たちはここを歩くことで遍路ができるようになったのです」

遍路の途中で大島へ送られれば、二度と遍路をすることはかなわない。そんな人たちはこの丘の石仏に祈って歩くことで、病気の進行が止まり、家族と再会できるようにと願っていたのだろう。

「大正時代というと、かれこれ百年近く前の話ですね。当時は遍路でしかハンセン病を治せないと考えていた方が大勢いらっしゃったんでしょうか」

「薬がありませんでしたからね。悲しい過去です。ただ、薬ができた後も、お年寄りの中には毎日のようにここに来て『巡礼』をしていた方もいました」

きっと彼らは病気が治った後も、来世こそ苦しみのない人生を歩ませてほしいと仏に願っていたのだろう。

島を見渡すと、細い野道に苔むした石仏がずっと先まで並んでいる。黙って目を向けていると、かつて杖を突き、足を引きずりながら遍路をしていた人たちの後ろ姿が見えるような気がした。

第七章　最後に抱いて

生涯最後のセックス

「最後に一度だけセックスをしたい」

　四十代前半の車椅子に乗った女性にそんな相談を持ちかけられたのは、私がまだ二十代の時のことだ。

　私は文筆の仕事をはじめて間もなく、収入の不足を補うために漫画の原作やＷＥＢ関連の仕事も多数手掛けていた。岡本さんという雑誌編集者と知り合ったのは、そんな頃のことだ。私より一回り年上の編集者で、酒を飲むのが大好きで少々奔放な性格だった。彼がお堅い雑誌をつくっていた時に知り合ったのだが、いつの間にか転職して突然ポルノ雑誌の編集に携わるようになり、しばらく連絡を取っていなかった。

　そんなある日、彼に久々に呼び出されて新宿の古びた喫茶店でコーヒーを飲んでいたところ、障害のある女性を紹介したいと切り出された。その女性は岡本さんがかかわっているポルノ雑誌に「ライターをしたい」と売り込みにきたという。好子さんという四十代の女性だそうだ。まだ電話で話しただけで会っていないという。

岡本さんはすごい勢いで煙草を吸いながら言った。

「彼女はライターの経験がないから、誰かの下について勉強したいって言っているんだ。しかも障害者なんだってさ」

「障害って何の障害なんですか」

「車椅子だっていうから足が麻痺《まひ》しているんじゃないかな。まぁ、障害自体は構わないんだけど、電話で話す限りなんとなく変なんだよね。石井さん、連絡先を教えるからとりあえず会ってやってくれないかな。仕事の概略を教えて、やる気があるかどうかだけ見てくれればいいから」

「教えるって。僕はエロ本はやったことありませんし、やるつもりもありませんよ」

「エロじゃなくてもいいよ。書くこと全般について話してきてくれれば」

内心「参ったな」と思った。私はまだ駆け出しの物書きであって、人に教えられるようなことは一つもない。だが、岡本さんの手前もあり、「話をするだけでいいなら」と承諾してしまった。

秋の土曜日の午後、私は府中にある喫茶店で好子さんと会うことになった。店は好子さんの指定だった。この喫茶店にはバリアフリーのトイレが備えられていた。車椅子利用者であるため、どこへ行くにもトイレだけは気にしなければならないのだろう。

　店に入ると、一番手前のテーブルに車椅子にすわった好子さんの姿があった。体型は小太り、服も地味で、聞いていた年齢より少し老けて見えた。膝から下に補助具を装着している。私は挨拶をしてから、簡単に略歴を聞いてみた。

　好子さんの話によれば、もともとは都内の会社で働いていたという。バイクが趣味で若い頃から大型二輪免許を取得してツーリングに明け暮れていたそうだ。だが、二十代の終わりに、バイクの事故で背中を強打して、膝から下が麻痺してしまった。彼女は仕事をやめざるを得なくなり、今は障害者年金をもらいながら、車椅子で生活をしているらしい。

　好子さんは淡々と話していたが、私が知りたいのはそういうことではなかった。なぜ十五年ほども車椅子生活を送ってきた彼女が突然ポルノ雑誌のライターを志したのかということだ。率直にそれを尋ねると、彼女は補助具をつけた足をなでながら、先ほどと同じ口調で答えた。

「興味があるんです……私、車椅子に乗るようになってから恋人と別れ、男の人と一度も交際していないんです。もう四十歳も過ぎたし、このまま終わると思うと耐えられないんです。それでこういう仕事をしたら男の人とも知り合えると思って」

私は耳を疑った。

「ちょっと待ってください。あなた、恋人を見つけるために、ライターになろうとしているんですか。僕はエロ雑誌のことはよくわかりませんが、そんな半端な気持ちで仕事はつとまりませんよ。締め切りだってあるし、クオリティーだって求められるし、写真だって撮らなければならない。想像しているより何倍も大変です」

雑誌でライター業をしようとすれば、時間も場所もすべて取材対象者に合わせて動かなければならない。ここは車椅子で入れないからなどといえるような立場ではないし、ましてやよこしまな目的でできることではないのだ。

私が語気を強めたせいか、好子さんは肩を落として黙ってしまった。だが、彼女はしばらくすると顔を上げてこう言った。

「なら、私の相手をしてくれる男性を紹介してもらえますか」

「は？」

「最後に一度だけセックスをしたいんです。もしいたら紹介してください」

驚いて言葉を失った。なぜ会ったばかりの私にそんなことを頼むのだろう。それほどまでに切実なのか。目を見る限り、真剣そのものだった。だが、私がそんな要求に応じられるわけがない。障害者云々《うんぬん》という問題ではなく、常識的に「はい」なんて答えられるわけがないのだ。

私は困惑して席を立ち、とりあえず岡本さんに連絡をした。話がまったく違う方向へ行ってしまった以上、彼にこれから先のことを委ねるべきだと考えたのだ。岡本さんはすぐに電話に出た。そして好子さんとのやりとりをすべて聞いた後、次のように答えた。

「彼女がそんなに男がほしいなら、俺が相手をするよ。彼女にそうつたえておいて」

「岡本さんが彼女とセックスをするってことですか」

「ああ。やるだけなら、俺がやればいいんだろ」

二人ともどういう感覚の持ち主なのだ、と思った。板挟みになって頭が痛くなってくる。

だが、考えてみれば、岡本さんは、わずか一カ月前に奥さんと別れて別居をはじめたばかりだった。夜、仕事から帰ったら、奥さんが家財道具ごと消えていたのだ。その寂しさを埋め合わせたかったのかもしれない。

私は意見するのをやめ、「わかりました。そう言っておきます」と答えてテーブルにもどった。そして冷えた紅茶を飲んでいた好子さんに岡本さんからの返事をつたえた。好子さんはパッと明るい表情になった。

「ありがとうございます」

頭を下げる。私は、なんだか、どうでもよくなった。陽が窓から射し込んでいた。

翌週の日曜日の夜、私は岡本さんをバイクの後ろに乗せて甲州街道を走り、国立市にある「くにたち福祉会館」へ向かった。

この日、私は岡本さんに大手出版社の編集者を紹介してもらっていた。彼なりの心遣いだったのだろう。打ち合わせが終わってから彼に頼まれ、私はバイクで好子さんとの待ち合わせの場所まで送ることにしたのだ。

甲州街道はひどい渋滞で、途中で何度も好子さんに電話をかけて、遅刻をわびなければならなかった。

結局福祉会館に到着したのは、約束の時間を一時間以上過ぎた午後十時だった。真っ暗な駐車場に、一台だけワゴン車が止まっており、フロントガラスには福祉改造車のシールが貼ってあった。ルーフには車椅子を収納できる装置が備えられている。好子さんの車にちがいない。

近づいていくと、運転席のドアが開いて、好子さんが顔だけ出した。岡本さんは彼女を見た瞬間凍りついたように固まった。想像していたのと、かなり容姿が違ったのだろう。気まずい空気が漂い、私は二人の顔を見るのがはばかられた。

好子さんは目をそらしつつ、一枚のメモを取り出した。ホテルの名前がいくつかリストになっている。

「これ、調べておいたの。車椅子でも入れるホテルだから」

八王子近辺のラブホテルに電話をし、車椅子でも入れるところを探したという。

「そう、あとは二人で相談して決めればいいんじゃない？」と私は答えた。

「そうね」

好子さんがうなずく。岡本さんはこれで覚悟を決めたらしかった。ヘルメットを私に預けると、大きく息を吐いてから車の助手席に乗り込んだ。エンジンがかかり、ヘッドライトが点灯する。

車はゆっくりと駐車場を離れ、八王子方面へと走っていった。

私は二人に同行していない。従って、これから先のことについては、あとで岡本さんと好子さんから聞いた話をもとに再現する――。

二人は国立から甲州街道を走って京王高尾線・高尾山口駅へと向かったそうだ。車の中ではほとんど会話がなかった。駅を過ぎると、山の麓《ふもと》にラブホテルの集まるエリアがあり、お城のような建物が七色にライトアップされている。好子さんは下見を済ませていたらしく、ナビを見ることなく一軒のラブホテルに入った。

駐車場に車を止めると、好子さんは車椅子を下ろして乗った。そして岡本さんに押してもらいながらホテルへ入り、フロントで鍵をもらって部屋へと向かった。部屋の入り口には段差があって、車椅子の扱いに不慣れな岡本さんは、持ち上げることができなかった。すると好子さんが言った。

「大丈夫。私、自分で入れますから」

彼女は車椅子からぴょんと降りると床にお尻をつけ、両手で這《は》うようにして部屋へと入っていった。岡本さんは初めて障害者のそんな姿を見て狼狽《ろうばい》することしかできなかった。

室内にはキングサイズのベッドが一台置いてあり、明かりが煌々《こうこう》とついていた。好子さんが持参した風呂敷包みをほどくと、寿司の入った大きな丸桶《まるおけ》が出てきた。最後のセックスに花を添えようと用意したのだろう。障害者年金から捻出《ねんしゅつ》するには決して安くはないはずだった。

岡本さんは好子さんに言われるままに寿司を一つ手に取った。すでに食事を済ませていたため腹は減っていなかったが、まったく手をつけないのも悪いと思ったのだ。

だが、その寿司はつくってから時間が経《た》って乾燥しており、舌触りが悪かった。見ると、マグロはひび割れ、イクラの表面を覆う膜も固くなっている。

好子さんも一つ食べてみてすぐに気がついたようだ。

「ごめんね……おいしくないね……」

ピンク色のライトが灯《とも》る部屋に沈黙が広がる。好子さんはうなだれ、寿司桶を風呂敷で包み直した。そして目を合わさずに、「シャワー、浴びてくる」と言って、その場で下着姿になり、足につけていた補助具を外し、四つん這いになってバスルームへ向かっていった。

十五分ほどして、好子さんがバスルームから出てきた。白いバスローブをまとい、髪が濡れ、肌が火照って赤くなっている。

彼女はベッドの縁に手をかけると、よじ登るようにして上がろうとした。だが、シーツがずれて一緒に滑り落ちてしまった。バスローブがめくり上がり、繁った陰毛があらわになる。岡本さんは思わず見てはならないものを見てしまったような気持ちになって目をそらし、バスルームへと駆け込んだ。

シャワーを浴びている最中、岡本さんはホテルに来たことを後悔した。その場の勢いだったとはいえ、いざ好子さんと二人きりになるとどうしていいかわからなくなった。彼女はこの夜を「最後のセックス」だと覚悟を決めて挑んできている。自分はその期待に応《こた》えられるのだろうか。このまま謝って逃げ出したくなったが、車すらないためそうするわけにもいかない。

バスルームを出ると、部屋の照明が落とされ、薄暗くなっていた。枕元のライトがうっすらとついているだけだ。好子さんが布団の上にすわり、潤んだ目でじっと見つめている。岡本さんはもう引き返せないと自分に言い聞かせた。そしてベッドに上がると彼女を横たえ、バスローブを脱がせ、愛撫をはじめた。

好子さんの体には、何年も車椅子に乗って暮らしているせいか、擦れた黒い痣《あざ》のようなものがいくつも浮かんでいた。膝から上は神経が通っているらしく、太腿のあたりを愛撫されるとビクッビクッと反応する。次第に体中が熱を帯び、狭い部屋に熟した女の体臭が漂う。岡本さんが下半身に手を伸ばすと、指が沈むほどに濡れていた。

やがて岡本さんは上に乗り、好子さんと一つになろうとした。その時、彼女が突然手を突き出した。

「ちょっと待って。この姿勢じゃダメだから」

彼女は上半身を起こし、ベッドの脇に置いてあった補助具を装着した。これで麻痺している足を固定するのだ。彼女は後ろ向きになって膝を立て、後背位の姿勢をとった。

「ごめんね。足が動かないから正面からだとうまくできないと思うの。こうして後ろからして」

岡本さんの下半身は今の短いやり取りの間に萎《な》えかけてしまっていた。慌てて避妊具をつけようとするが、余計に力が弱まっていく。このままだったら失敗する。

彼は焦って避妊具をつけるのをあきらめ、直にねじり込むように挿入した。好子さんは小さな喘《あえ》ぎ声を漏らして受け入れた。岡本さんは目を閉じて懸命に腰を動かしつづけ、なんとか果てることができた。

長い一夜が明けた。大きなベッドの上で岡本さんは複雑な思いに苛《さいな》まれて一睡もできなかった。だが、朝になって好子さんに尋ねられた時は、「よく眠れたよ」と笑顔で答えた。もしかしたら好子さんも一晩中寝たふりをしていたのかもしれない。

それぞれ長い間シャワーを浴びた後、ホテルをチェックアウトした。好子さんの車に乗り、甲州街道を都心へと向かった。どことなく気まずい空気が流れ、お互い真っ直ぐに前を見て顔を合わせようとしなかった。岡本さんは途中の立川駅で降ろしてもらい、そこから電車で会社へ向かうつもりだった。

月曜日の午前十時過ぎ、道は思っていたより空いており、車はどんどん流れていった。立川駅の手前まで来ると、信号が赤に変わった。好子さんはハンドルを握りながら、つぶやいた。

「赤ちゃんできないかな」

岡本さんは耳を疑った。その言葉が自分に向けられたのは明らかだった。

「ど、どういうこと?」と岡本さんは尋ねた。

「コンドーム、つけなかったでしょ。私、あれで妊娠してたらいいなって思って……」

それを聞いた瞬間、岡本さんの顔から血の気が引いた。彼は声を震わせて言った。

「じょ、冗談じゃねえ。たった一回で妊娠だなんて。あり得ないよ」

「そうかな……」

「そうに決まってるだろ。やめてくれよ。俺、結婚なんてするつもりねえぞ」

「そ、そんなつもりじゃないよ」

「もういいよ、やめろよ」

岡本さんは大きな声を出して話を遮った。好子さんが無理に結婚を迫ってきているように思えたのだ。好子さんは悲しそうな顔をして黙った。

信号が、赤から青に変わった。

それから約二週間が経った。その夜、私はバイクに乗って八王子へ向かっていた。好子さんと会う約束だったのだ。

二人がホテルに泊まった翌日、私のもとに好子さんから電話がかかってきて、岡本さんを紹介してくれたお礼として食事を御馳走したいと誘われた。最初は固辞したのだが、「どうしても」と請われて断れなくなり、会うことになったのである。

八王子にあるファミリーレストランが指定された店だった。夜九時を回っていたが、学生客が多く、騒がしかった。好子さんはパスタを頼んでから、岡本さんとの一夜について赤裸々に語ってくれた。パスタが冷めるのも構わず、身振りを交えて語りつづける。私はなぜ彼女がそこまで赤の他人に語りたがるのかがわからなかった。

私はこの時点では岡本さんからまったく話を聞いていなかった。客観的に聞く限り、お世辞にも素晴らしい夜だったとは言えない。だが、好子さんは楽しかったこととして、つらかったことはつらかったこととして夢中で語った。結果はどうであれ、体験したことを誰かに聞いてほしかったのだろう。

しばらく話を聞いていると、好子さんがまだ岡本さんに会いたがっている気持ちがつたわってきた。彼女とてこれを最後のセックスにしたくなかったはずだ。頼めば、岡本さんもまた会ってくれるのではないか。

私は尋ねた。

「ねえ、岡本さんとは連絡を取っているんですか？　彼も奥さんと別れたばかりだから、連絡すればまた会ってくれるかもしれませんよ」

彼女は急に暗い表情をし、首を横にふった。

「連絡は取ってません……だって彼の連絡先知らないんだもん」

岡本さんが教えなかったのか、彼女が遠慮して訊かなかったのかはわからなかった。

私は少し迷ったがこう言った。

「岡本さんの電話番号を教えましょうか？」

彼女は少しの間口をつぐんでいた。そして小さな声で答えた。

「いいんです。私、連絡しないことにしているんです……」

「どうして？」

好子さんは下を向いた。

「会いたいと言って断られたら悲しいから……」

会話が、止まった。好子さんは顔を上げない。岡本さんと今後つながることはないと確信し、あの一夜を一生の思い出として胸にしまっておこうとしているにちがいない。いつの間にか、店内のざわめきが大きくなっていた。

この夜、ファミリーレストランを出るとすぐに、私は岡本さんに電話をかけた。余計なお節介であることはわかっていたが、彼が好子さんのことをどう思っているかを聞いておきたかった。

何度かコール音が鳴った後、岡本さんが電話に出た。私は、たった今好子さんに会ったことをつたえた。電話の向こうで、気まずい沈黙があった。やがて彼はこう言った。

「彼女、俺のこと恨んでいた？」

駐車場の隅には、まだ好子さんの車が止まっていた。私は彼女が残るといったので、一人だけ先に出てきたのだ。

「怒ってはいなかったと思います。なぜそう思うんですか」

「彼女、別れる間際に車のなかで『赤ちゃんできないかな』って言ったんだ。俺は焦って、冗談じゃねえって答えた……たぶん、彼女からすればショックだったと思う。俺があまりに乱暴な言い方をしたから」

暴言を吐いたことがずっと罪悪感として残っていたのだろう。

「なあ、好子さんに君から謝っておいてくれないかな。俺が悔やんでいたとつたえてほしい」と彼は言った。

「僕が言うんですか。岡本さんが言ってはどうですか」

「……無理だよ」

「会わないということですか。僕が代わりに謝罪して終わり？」

「………」

岡本さんは黙って電話を切った。

私は携帯電話を握りしめたまま、ファミリーレストランの駐車場で空を見上げた。夜空は曇っており、星一つ見えない。

好子さんに岡本さんの謝罪をつたえるべきかどうか迷ったが、つたえても彼女につらい思いをさせることにしかならないだろう。

私は携帯電話をポケットにしまい、バイクを停《と》めた場所へ向かった。駐車場の隅に停めてあった好子さんの車が、いつの間にか消えていた。

処女で死ぬということ

初めて本を出版した頃から、著書のプロフィール欄にメールアドレスを載せている。そのため、私のもとには読者からのメールが毎週何通か届く。

読者からのメッセージは様々だ。本の感想を書いてくれる人もいれば、私への批判を書き連ねてくる人もいる。また、自分自身の悩み事を相談してくる人もいる。大抵それらは何かしらの気づきを与えてくれるため、私は丁寧に一つひとつに目を通すことにしており、時間の許す限り返信をすることにしている。

あれは、夏の夜のことだった。仕事に区切りがついて、その日届いた郵便物に目を通していたところ、女の子っぽい封筒が交じっていた。出版社経由で送られてきた読者からの直筆の手紙だった。今どき手紙を送ってくる人はめずらしい。

開封して、便箋《びんせん》を取り出してみると、「柴村涼子」と名乗る十七歳の女の子からだった。真新しい便箋に女の子らしい字でびっしりと文字が書かれている。私の著書

『レンタルチャイルド』を読んで感銘を受け、手紙を送ってくれたらしい。

私は緑茶を飲みながら、何気なく読みはじめた。すると、次のような文面が目に飛び込んできた。

実は私は白血病（注・急性骨髄性白血病）患者です。

一度は治りました。でも髪の毛が薬の副作用で抜け落ち、顔色も黒くなりました。

中学で私は、みんなわたしの病気を知ってるのにいじめられました。

「枯れ木」、「焼け跡」陰でみんなそういって、わたしに近づいてくれる子はいませんでした。

先生さえ……そして父でさえ一時このことから逃れようとしてました。

白血病とは、「血液の癌」と呼ばれる病気だ。骨髄の中にある血球をつくる細胞が癌となって増殖していくのだ。若い人がかかることもあり、治療も難しい。

さらに手紙を読み進めてみると、涼子さんの白血病はかなり進行しており、このままだと余命数カ月と診断されたということだった。つまり、来年の春まで生きられるかどうか、ということだ。手紙には、まだ希望を捨てておらず、なんとか頑張って抗癌剤治療を受けて完治させると書かれていた。

私はこれまでいろいろな読者からメッセージをもらったが、余命宣告を受けた十七歳の女の子からというのは初めてだった。彼女は何を求めて手紙を出したのだろうか。

最後まで読み進めていくと、次のような言葉でしめくくられていた。

最後に石井さまにわがままなお願いがあります。石井さまのサインをいただけないでしょうか。

わたしサインなんかお願いしたことがないので、すごく失礼なお願いのしかたかもしれませんが、石井さまのサインとできれば何かメッセージを書いていただければうれしいです。

残り少ないけど一生の宝物にします。

希望に応えてあげたいと思った。だが、会ったこともない相手に住所など連絡先をすべて知らせるわけにはいかない。

そこで私はすぐに『レンタルチャイルド』を担当してくれた出版社の編集者に連絡

をした。そして手紙の内容をつたえた上で、出版社経由で涼子さんに私がサインを入れた著作と手紙を送ってほしいと頼んだ。編集者はすぐに事情を理解し、「そういうことならぜひ」と快諾してくれた。

こうして私は約束の品に加えて、少し前にアフリカへ取材に行った時に買った御守りを同封して涼子さんに送ったのである。


涼子さんからメールが届いたのは、数日後のことだった。送付した手紙の中に「何か困ったことがあればメールでも何でも気兼ねなく連絡ください」と書き添えていたため、本のプロフィールに載せたメールアドレスに送ってきたのだ。そしてこの日から私は彼女とメールの交換をするようになった。

涼子さんからのメッセージは毎日のように届いた。病院内にパソコンを持ち込んでいたのか、いつも文面は非常に長かった。

だが、白状すれば、私が涼子さんに対して返信をするのは週に一度ぐらいだった。ちょうど秋に出版する予定の二冊の本の締め切りが迫ってきていた上に、十二月から一月にかけて海外取材へ行くことになっていて、その準備にも追われていた。目の前に山積みになっている仕事を片づけるのに精いっぱいで、余裕がなかったのだ。

メールに目を通すにつれ、涼子さんの家庭環境がぼんやりとわかるようになった。父親は会社を経営して羽振りの良い生活をしていたが、倒産して自己破産に追い込まれたらしい。不運なことに、涼子さんの母親が同時期に難病にかかっていることが明らかになった。病巣の発見時には、すでに手が付けられない状態になっており、覚悟を決める間もなく逝ってしまった。

当時、小学生だった涼子さんにとって、狭いアパートでの父親との二人暮らしは楽ではなかった。父親は仕事と妻を失ったことで絶望していたし、生活に必要なお金もほとんどなかった。涼子さんは子供ながらも自分がしっかりしなければ家庭が崩れてしまうことを感じ取っていた。

だが、そんなある日、涼子さんを三度目の悲劇が襲う。体の不調を感じて病院へ行ったところ、検査の結果、白血病であることが判明したのだ。母親の死からわずか三年しか経っていなかった。すぐに治療を開始して一時は回復に向かったものの、中学時代に再発して高校への進学もあきらめなければならなくなった。以後、今にいたるまで病院で闘病生活をつづけているという。

涼子さんが書き綴るメールの内容は、病院で起きた出来事ばかりだった。学校へ行けていなかったので、彼女が知っている世界は病院の中にしかなかったのだろう。朝起きてうがいをしたら口の中が血だらけになっていたとか、抗癌剤による脱毛が止まらないといったことが書かれていた。日によっては、注射の下手な医師への怒りが長々と述べられていることもあった。

きっと彼女は身近なところで心を開いて相談できる相手がいなかったにちがいない。メールを読む限り、涼子さんは次々に身の回りで起きたことを文章にしてつたえることで、自分でも客観的にそれを受け止めようとしているように思えた。白血病の進行状況、自分自身の治療への意志、医師への信頼などを直視して、覚悟を持って前に進んでいこうとしていたのだ。私としてはどんな形であれ、涼子さんの役に立てているのであればそれでいいと思っていた。

だが、一カ月が経った頃から、メールの文面が少しずつ変わってきた。正直に文章で書くのは恥ずかしいからという理由で、自作の詩を送ってくるようになったのだ。驚いたことに、その詩の内容の多くは自身の性欲についてだった。

たとえば、次のようなものだ。

女としてのFREEDOM、男と遊び、酒を飲み、ただ時間を／享楽にのみ過ごす。／勇気あることだ。

17年間、男を知らず、男に触れられず、男を避けてきた／私が解放されたとき、自分の欲求のままに男を受け入れ／孕めばあわて、おろし、そして後悔する。／男と酒を飲み、抱かれ、悶え、その瞬間に女としての／火を燃やす。／ふん、それがFREEDOMなのか。

今は想像だけで下着を濡らし、乳首が痛くなることがある。／レイプされることを想像することもある。／その想像こそがFREEDOMなのか。

私はこの詩を読んで、十七歳の女の子の素直な思いを垣間見たような気がした。きっと涼子さんは処女なのだろう。末期の白血病だと宣告された時、自分は男を知らないまま死んでいかなくてはならないのかという不安がこみ上げてきたにちがいない。万が一死ぬのならば、その前に性愛を体験してみたいという衝動が止めようもないほど湧き起こっているのだ。

その後も涼子さんは次々と自身の性欲をテーマにした詩を書き送ってきた。私ならこの気持ちをわかってくれると思ったのか。だが、詩に詳しいわけではない私はそれだけ読んでも彼女が本心で何を望んでいるのかを理解することができなかった。彼女は詩について言及してこない私に苛立《いらだ》ったのか、今度は散文で自身の性欲について書いてきた。

わたしは保育園以来同年代の男の子と手もつないだことがありません。それにこの病気ですから、半分はあきらめてます。

でも、去年くらいから一ヶ月に一回くらい、すごく何か変になるんです。はっきり言って、何かキスされたいとか抱きしめられたいとか、そして最後まで行ったらどうなるんだろうって思います。

でもそれを過ぎるとまるでそんなことは起こりません。

今年になって下着が汚れるようになりました。想像してしまうんです。例えばテレビで抱き合うシーン見たりしたら時々そうなります。

これは誰にも言ってません。そんな時下半身が勝手に熱くなって何か、病気を忘れたかのような気持ちになります。

一度だけ、最近そういう気分になったとき、触れてみました。なにかぬるぬるになっていて、触れたら頭に電気が走ったような気持ちになりました。

それ以来ないんですが、もういちどしてみたいという欲求に負けそうになることがあります。

その時は必ず乳首が痛くなり、さわったら硬くて、また頭に電気が走ります。何かすごく罪悪感というか……でもその時は病気を忘れます。

でも一度だけ、先生に診察してもらってるとき、変な気持ちになって困ったことがあります。

でも、男の人はまだ怖い、同年代が怖いんです。ごめんなさい、じょうずに書けなくて……

すごく恥ずかしいです。ごめんなさい。だからどうだということはないんですが……


十七歳の処女の女の子が、見ず知らずの男性にこんなことを書くのは相当の覚悟が必要なはずだ。だが、彼女は死の足音が迫ってくるにつれて自分の中で膨らむ性欲にどう対処すればいいのかわからなくなり、言葉に出さざるを得なくなったのだろう。とはいえ、彼女と同じように、私自身もそれを打ち明けられたところで当惑することしかできなかった。

数日後、私は神保町《じんぼうちょう》にあるレストランで、ある雑誌の編集部で働く女性編集者にこのことを相談してみた。相変わらず涼子さんからのメールは毎日のように届いていたのだが、考えれば考えるほど何をしても逆効果になるような気がしてならなかった。そこで女性編集者ならば同性としての見地から、客観的な意見を言ってくれるのではないかと期待したのだ。

女性編集者は打ち合わせの書類を封筒にもどしながら私の話を聞いた。そして次のような意見を言った。

「涼子さんに会ってきたらどうですか？」

「病院へ、ですか」

「そう。だってメールでやりとりしていても、ずっと同じことがつづくだけですよね。それで困っているのならば、会ってみたらいいんじゃないですか。そしたら彼女も何かしら態度を変えてくるかもしれませんよ」

たしかにこのまま性欲をメールに書きつづられても私としては返答のしようがない。それならば一度会ってみた方が、お互いに何かが変わるかもしれない。

その晩、私は仕事を片づけた後、パソコンに向かって涼子さん宛にメールを書いた。女性編集者からの助言をそのままメッセージにしたのだ。それは次のような短い文面だった。

返信遅れてすみません。仕事に追われて時間がありませんでした。

いろいろと悩まれているようですね。もしよろしければ、一度お会いして話をしませんか？

私自身、涼子さんがどのような方かわかっていません。お会いして少しでもお話をすることで、理解を深めれば、これまで以上にいろんな相談に乗れると思っています。

闘病で大変だとは思いますが、もしご都合のよい日があればお知らせください。

すぐに返信がくるだろうと思っていた。私はいつ呼ばれてもいいように気持ちの整理をしていた。

だが、涼子さんにしてはめずらしく、三日経っても四日経っても、返事がなかった。どうなっているのだろう。心配になりはじめた頃、ようやくメールが届いた。明け方届いたメールには、次のように記されていた。

ごめんなさい。やっぱり会う勇気がありません。

会いたいのですが、薬のせいで体中の肌が真っ黒になっています。手や足も枝のように細くなってしまっています。

普通の女の子ですから、見られたくないのです。

いつか病気を治して石井さんに会いたいという気持ちはあります。それからでもいいですか。


私は自分の浅はかな行為を後悔した。

たしかに前に涼子さんから届いたメールには、長期間にわたる抗癌剤治療で、髪は抜け、皮膚は変色し、体重はわずか三十一・五キロにまで落ちていると書かれていた。そんな姿を見られたくないと思うのは当然ではないか。

このメールのやり取りを境にして、私は涼子さんの相談に乗る自信がなくなった。気持ちすら想像できない人間が、真剣な悩みにどう答えられるというのだろう。私は彼女からメールが届くのが怖いとさえ思うようになった。

一方、涼子さんには別の変化があった。私が会おうと言ったからか、さらに自分の心情に踏み込んだメールを送ってくるようになった。それは何千字にもわたる詩であったり、散文として感情を書き連ねたものであったりした。たとえば次のようなものだ。


一つだけ恥ずかしいけど質問していいですか。私には外国にいる唯一無二の友人「M（注・実際は実名）」がいます。

実は……彼女とキスしたことがあるんです、彼女は口を思い切り消毒してから、「キスしたげる」ってキスしてくれました。

外国に行く少し前のことで、ときどき今もそのことを思い出します。

たぶん、「M」なりの思いやりだったのかと思いますが時々、それがすごく思い出されて、「Mとキスしたい」と思います。

これって変なのでしょうか。正直男の人より「M」とキスしたい。はっきりいって抱かれたいと思います。やっぱり私っておかしいですよね。

先日「M」から手紙が来て、結構セクシーな格好をした写真を送ってきました。（「M」はわざとじゃないと思います）

でもそれを見て、わたし変になりました。

次々とこうしたメールが送られてくるのである。明らかに以前より過激な内容になっていた。

私はそうしたメールを読むにつれ、次第に涼子さんの書いていることが事実なのかわからなくなってきた。彼女がまともに学校へ通えたのは中学時代の一学期までのはずだ。そんな幼い女の子がわざわざ唇を消毒してキスをするだろうか。あるいは、涼子さんが闘病をしていることを知っている友人が、外国からわざわざ闘病する同性の友人を挑発するような写真を送ってくるだろうか。疑いたくはなかったが、抗癌剤治療の副作用で意識障害が起こり、妄想と現実の境界が曖昧《あいまい》になっていることも考えられた。

疑念をさらに強めたのは、別のメールにも理由があった。時折彼女は抗癌剤治療を受けて朦朧《もうろう》としている中で幽体離脱が起きて、自分が自分を見つめる体験をしたといった話を書き送ってくるようになっていたのだ。どこからどこまでが彼女の正常な意識なのかわからなかった。

秋のある日、渋谷の喫茶店で例の女性編集者と打ち合わせをしていた。仕事の話が一段落した時、涼子さんのことを相談してみた。率直にこれからどう対応していけばいいと思うか、と。彼女はメールの内容をすべて聞いた後、顎に手をあててこう意見を述べた。

「現実的な意見をいえば、あまりかかわらない方がいいかもしれないですね。彼女は混乱して気持ちを誰かにぶつけるか、相手にしてもらいたいだけだと思います。でも、会えない以上、石井さんが彼女にしてあげられることって限られてしまう」

その通りだった。彼女が闘病生活の中で大変な時期に差しかかっているのはわかる。だが嘘か本当かわからないようなメールだけ大量に送られてきても、こちらがやれることには限界があるのだ。

「石井さんは、もうすぐ海外取材に行くんですよね。いつまでも涼子さんにかかわっていられないのも事実でしょう。まずは仕事をしっかりとやっていかなければ、石井さんまで崩れちゃいますよ」

私はうなずいた。数週間後には南米のコロンビアへ子供兵の取材に行かなければならず、その準備が必要だったのだ。

そしてその日から、私は目の前の仕事に集中することにして涼子さんへの返信をやめた。私自身まで崩れてしまうという忠告が的を射ているようで怖かったのだ。間もなく、涼子さんからのメールも来なくなった。

年が明けて、春になった。私は十二月から一月にかけての海外取材を終えて帰国し、原稿を仕上げた。その直後、東日本大震災が起き、私は三カ月間被災地に滞在して取材に明け暮れることになった。東京にもどってきたのは、梅雨に差しかかろうとする五月の末だった。

そんなある日、私は原稿を書いている最中にふと涼子さんのことを思い出した。最初に送られてきた涼子さんの手紙が書類の間から出てきたのである。

何気なく読み返してみると、あらためて十七歳で死と向き合っている女の子の怯《おび》えや希望や痛みがひしひしとつたわってきた。なぜ私は涼子さんに連絡を取るのをやめてしまったのだろうという後悔が胸を突いた。彼女は独りぼっちになってどれだけ寂しい思いをしただろうか。忙しさを言い訳にして彼女と向き合うのをやめた自分が情けなかった。

私はそう考え直すや否や涼子さんに連絡を取ってみた。怒られるかもしれない。だが、しっかりと謝り、もう一度メールのやり取りをしたいと思った。だが、何度メールを送っても、返信はなかった。嫌われてしまったのだろうか。

数カ月が経って、涼子さんからメールが返ってきた。慌てて開いてみると、彼女からではなく彼女の父親からだった。そこには次のようなことが書かれていた。

石井光太様
涼子の父親です。涼子が大変お世話になりました。

彼女は去る一月に白血病にて逝去しました。お知らせが遅れましたこと、ご容赦ください。

生前、涼子は石井様の著作やメールのやりとりについて語っていました。その話から、石井様が涼子のことを思いやってくれていることを感じていました。病気が進行していく中で、大きな励ましになったと思っています。厚くお礼を申し上げます。

涼子はもうこの世にはおりませんが、石井様が彼女のことを記憶していただけたのなら嬉しいです。私も少しずつ前を向いて生きていこうと思います。

今後の石井様のご活躍を心から願っています。

涼子の父より

そう、私が連絡を絶ってから約一カ月後に、彼女は病院の一室で息を引きとっていたのである。

私は父親からそれを知らされた後、しばらく呆然《ぼうぜん》として何も考えられなかった。コロンビアへ行っている間、彼女は生と死の境界で一人で苦しみ、そして逝ってしまったのだ。

病院のベッドで、彼女が最後の一カ月間、何を思って過ごしていたのかはわからない。連絡を絶った私を恨んでいたのだろうか。あふれる性への欲望に悩まされつづけたのだろうか。あるいはそれらを解消する何かを見出したのだろうか。

今となっては、その答えは永遠に闇につつまれたままだ。ただ、私の書斎の片隅には、最初に送られてきた手紙が女の子っぽい封筒に入れられ、今も置かれたままになっている。

第八章　津波に遺されて

妻として

東日本大震災から一カ月が経った四月の中旬、岩手県の被災地を照らす陽光は、少しずつ暖かくなってきていた。

山に緑が目立つようになり、国道沿いの被害を受けなかった店が営業を再開しはじめた。被災した町へいたる山間《やまあい》の道には緊急支援の車の他に、職場へ向かう乗用車や運行をはじめた臨時バスも交じるようになった。

その町は沿岸部から一キロほどが津波の被害を受けて壊滅していた。だが、一部の地域は被害を免れた。駅近くのビルには緊急対策本部が設けられ、消防署の幹部たちが集まって指揮を執っていた。津波によって海辺に建っていた消防署が壊滅的な被害を受けたことで、このビルに機能の一部を移転させ、消防署員と消防団員が毎日のように協議を重ね、復旧作業に取り組んでいたのである。

この頃、私はしばしばこのビルを訪れ、消防団の幹部たちにインタビューをしていた。一階に臨時の会議用の机が置いてあり、そこで消防団長や副団長、それに各分団長たちに震災の日からの活動について話を聞いていたのだ。

消防団といっても都市部に住んでいる人はあまりなじみがないかもしれない。消防団員とは、消防署に勤務する消防士とは別で、消防組織法によって定められた非常勤の特別職地方公務員のことをいう。普段は会社員や自営業者として働いているのだが、定期的に防災訓練を受け、災害が起こると現場に駆けつけて活動を行う。地方の小さな町では消防士の数が十分でないため、消防団員たちがとても大きな役割を担っている。

東日本大震災が発生した直後の救助活動は、消防団員たちなしには語ることはできない。津波警報が出されると、彼らはいち早く水門を閉めに行き、町に残っていた人たちに対する避難誘導を行った。そして町が津波によって破壊された後は、人命救助や遺体搬送といった過酷な業務を担うことになったのだ。私としては被災地の最前線にいた彼らの体験をどうにかして記録したいという気持ちがあった。

ビルの一階でインタビューを重ねていたある日、私は幹部の一人からこんな話を聞かされた。

「今回の震災では多くの被災地で消防団員が犠牲になった。被害を食い止めようと水門を閉めに行ったところ、津波に呑まれてしまったんだ。実は、うちの消防団の幹部もその一人で、水門を閉めに行ったまま帰らぬ人となった」

消防団はピラミッド型の組織になっている。災害が起きれば、幹部は先陣を切って町を守らなければならない。そうした活動の最中に犠牲となったのだろう。

「それは佐々木さんのことですか」と私は訊いた。

「知っているのか」

「ええ、方々で名前を聞いたものですから」

「そう、佐々木さんだよ。彼は内陸に住んでいたのに、沿岸部の町の被害を防ごうとして死んでしまったんだ。町の英雄だよ。なんとかして彼のことは語り継いでいかなければならない」

これまで私は消防団員や消防士から佐々木さんの名前をいく度も聞いてきた。話によれば、震災当日、佐々木さんは自宅にいたという。大震災が起きてすぐ、彼は慌てて着替えて家を飛び出し、車で消防署へ向かった。港から六、七百メートルのところにあるコンクリート製の建物だった。

津波が来る直前、佐々木さんは消防署の外で仲間たちとともに集まっていた。停電で電気が消えていた上に、激しい余震がつづいていたため、消防署内にいるよりは外に出た方が安全だろうと判断したのである。

町は恐ろしいほどに静まり返っており、潮の匂いだけがいつもより強く漂っていた。すでに各分団の担当者たちが避難誘導をはじめていたが、幹部たちが町に残っていたのは消防署で最後まで指示を出さなければならないという責任感と、津波は数十センチという情報があったため、せいぜい床下浸水ぐらいだろうという判断があったからだ。

消防署と消防団の幹部が今後の対策について話し合っていたところ、いつの間にか佐々木さんが車ごといなくなっていた。先ほどまで一緒にいたはずなのに。きっと水門を閉めに行ったか、あるいは住民の避難誘導に出かけたかしたのだろう、と思った。

津波が襲ってきたのは、その直後だった。突如として通りの向こうから真っ黒い波が押し寄せてきたのである。それを見た一人が叫んだ。

「津波だ！　でっけえぞ、逃げろ！」

外にいた人々は全力で消防署の階段を駆け上がったが、水はすさまじい勢いで二階にまでどんどんせり上がってくる。彼らはさらに三階、四階へと駆け上がり、なんとか命拾いをしたが、窓から外を見ると町は完全に浸水し、引き波によって民家が丸ごと沖へと流されているのが見えた。彼らは町を守る立場にありながら、呆然とそれを眺めていることしかできなかった。

佐々木さんが行方不明になっていることが明らかになったのは、夜が明けてからだった。津波が引いても一向に姿を現さなかったのだ。消防団の幹部たちは彼がどこかで救出されているはずだと希望を抱いたが、避難所や病院の名簿に彼の名前は書かれていなかった。家にももどっていないという。

日が経つにつれて生存の可能性は減り、一週間が過ぎる頃になると絶望に近くなった。そして誰からともなくこういう言葉が出るようになった。

「佐々木さんは、町のために水門を閉めに行って流されたにちがいねえ。彼は町の英雄だ」

人から人へとつたわっていくうちに、この話は消防団員たちの共通認識となったのである。

だが、私はこの話を聞いて一つ疑問を抱かざるを得なかった。誰一人として佐々木さんが消防署を離れた理由を知らないはずなのに、なぜ「水門を閉めに行って流された」という話になったのか。私は話を聞く度に尋ねてみたが、根拠となる情報をついぞ得られなかった。

ビルの一階で、消防団の幹部から話を聞いた時もそうだった。水門の話が出たので、私は率直に質問をしてみた。彼は困惑した表情をして答えた。

「そりゃ、佐々木さんが水門を閉めに行ったかどうかはわからない。しかし、彼はやさしい性格で、第一に市民の安全のことを考えていたから、きっと水門を閉めに向かったにちがいないんだ」

「では、実際のところはわからないということなんですね」

「そう言われればそうだが、俺たちはそんなふうには考えたくねえ。彼は消防団の幹部としての覚悟を持って消防署にやってきて、自らの意志で飛び出していった。幹部としての使命を果たそうとして町のために死んでいったにちがいないんだよ」

佐々木さんがなぜ津波が迫りくる中で消防署を飛び出したのかはわからない。本当に水門を目指したのか、何か緊急の用があったのか、あるいは別の理由があったのか。消防団員の幹部が、佐々木さんは水門を閉めようと飛び出したのだ、と考えたい理由はわかる。これまで消防団を支えてきた同僚として、尊敬する佐々木さんがなす術《すべ》もなく津波に流されて死んだとは思いたくないはずだ。だからこそ、町のために命を落としたと考えることで、自分を納得させようとしていたのではないか。

佐々木さんの遺体が発見されたと聞いたのは、それから二、三週間経ってからのことだった。

　五月に入ると東北の桜も散り、路傍の草に黄色や赤の花が咲きはじめた。被災地の道路を覆っていた瓦礫《がれき》はなんとか片づけられ、発見される遺体の数も減ってきたことから、市内に複数あった遺体安置所は次々と閉鎖されていった。

　そんなある日、私は緊急対策本部が設けられているビルの入り口で、四月にインタビューをさせてもらったある消防団員と偶然再会した。挨拶をして軽く立ち話をしていたところ、彼がこう言った。

「そういえば、以前佐々木さんのことを話したろ。あの人、発見されたぞ。商店街にある建物の下から車が見つかり、その中に遺体も一緒にあったそうだ」

　消防署からはさほど離れていない。おそらく消防署を出てすぐに流されたのだろう。

　消防団員はつづけた。

「先日葬儀が行われて、消防団や市議の方々が集まってお見送りをしたらしい。水門を閉めに行って亡くなったわけだから、殉職という扱いになるのかもしれないな」

「消防団だけでなく、役所の人たちも水門の話をご存じなのですか」

「小さな町だ。誰だって知っているよ。町の人々は、彼のような人を讃《たた》えてあげなければならないよ」

私はそれを聞いて、「水門を閉めに行って死んだ」という話だけが独り歩きしているように思えてならなかった。それが良いとか悪いとか言うつもりはないし、本当に閉めに出かけた可能性だってないわけではない。だが、そのことについて、佐々木さんの遺族はどう思っているのだろうか。

私が佐々木さんの家を訪ねたのは、それから五日ほど経った日のことだった。関係者から住所を教えてもらい、直接自宅を訪ねてみることにした。遺された家族に会って、佐々木さんの死をどのように受け止めているかを確かめてみたかった。

静かな住宅街に、その家はあった。地元の優良企業に勤めていただけあって、立派な建物だ。ドアチャイムを鳴らすと、六十歳前後と思《おぼ》しき女性が喪服姿で現れた。佐々木さんの奥さんだという。整った顔立ちの、清潔感のある女性だ。

私は挨拶をして身分を明かしてから、津波の犠牲となった佐々木さんについて話を聞かせてほしいと依頼をした。彼女は嫌な顔もせず私を家の中に招き入れてくれた。そして背筋を伸ばした姿勢でこう切り出したのである。

「夫は家族のために命を落としたのだと思っています」

亡くなった理由については何も尋ねていなかったので、意表を突かれたような気持ちだった。

「家族のためにお亡くなりになったとはどういうことでしょうか」と私は尋ねた。

「私も本当のところはわからないのですが、夫は家族を助けようとしたんだと思っているのです」

奥さんの話によれば、佐々木さんを最後に見たのは、震災直後の自宅だったそうだ。地震発生時、奥さんは徒歩二分のところにある防災センターで地域の集まりに参加していた。そこで、かつて感じたことのない揺れの大きさに驚いて、これは大事だとあわてて帰宅すると、家の床には家具が無残に散らばっていた。彼女は家にいた佐々木さんが無事であることを確認してから、余震のつづく中で床にかがみ込み、片づけをはじめた。その時、佐々木さんはほとんど何も言わずに飛び出していってしまった。消防団の幹部を任されている以上、やむを得ないとは思ったが、不吉な思いがして、「早く帰ってきて」と心の中で願った。

家は港から二キロ以上離れていたため、津波が来た時も直接の被害を受けることはなかった。だが、消防署へ向かった夫は翌日になっても、そのまた翌日になっても帰ってこなかった。消防団の関係者からは、津波が来る寸前まで消防署にいたのだが、その直後に車でどこかへ行ってしまい、そのまま行方不明になっているのだと教えられた。その人はこう言った。

「佐々木さんは町の人を守ろうとして、津波に巻き込まれてしまったんだと思います。残念です」

だが、奥さんはそうは受け取らなかった。こう考えたのである。

――夫はきっと津波が迫っていることを知って、私たち家族を守ろうとして家に向かっていたはずだ。私のことを守ろうとして消防署を離れて津波に巻き込まれてしまったんだ。

ここは小さな町である。佐々木さんが津波に呑まれたという話はあっという間に広まった。遺体はなかなか発見されず、日が経つにつれ、近隣の人々は彼女に対して「まだ見つかっていないのね」という憐れみの目を向けてくるようになった。奥さんは同情されたり、噂されたりするのがつらく、スーパーに買い物に行くことすらためらうようになった。

やがて、奥さんは佐々木さんの遺体を自ら捜すようになった。崩壊した町へ、一人で、あるいは家族とともに行って、瓦礫の中から夫の遺体や車を見つけようとしたのである。夫を家につれて帰って供養をしてあげたいという一心だった。懸命の努力にもかかわらず、それはかなわなかった。

そんなある日、奥さんのもとに遺体発見の報が届いた。あわてて安置所に行くと、そこには変わり果てた夫の姿があった。車ごと流されたため、腕時計や財布など所持品はすべて残っており、本人であることがわかったという。

奥さんはここまで一気に話した後、こう語った。

「発見場所は、商店街でした。震災後何度も行っていた場所でしたから、なんでもっと早く見つけてあげられなかったんだろうと悔しさがこみ上げました」

奥さんは背筋を伸ばしたまま、よどみなく語りつづけた。誰かに心情を語りたかったのかもしれない。

私は尋ねた。

「先ほど、奥様は、佐々木さんは家族を助けようとして命を落としたと思っているとおっしゃっていましたよね。あれはどういうことなのでしょうか」

「これは私の希望です……夫は消防団の幹部であり、自分のことよりも町のことを考えていました。震災直後に海沿いの消防署へ駆けつけたのもそのためでしょう。だけど、私としては家のことを心配して私を助けるために消防署を離れたと思っているのです。私のために死んだのだって」

私は話すまいかどうか少し悩んでから切り出した。

「でも、消防団の方々は水門を閉めに向かう途中でお亡くなりになったと話しています。佐々木さんは町の人を救おうとして犠牲になったのだ、というように」

「そうなんですか……だけど、あの方々だって水門を閉めに行ったかどうかはわからないはずです。それは私と同じ。ただ、私の根拠となることを言わせてもらえば、遺体が見つかったのは消防署より海の方向ではなく、家がある内陸側なんです。そしたら、うちの方に向かっている最中に津波に呑まれた可能性の方が高いですよね。もちろん、ただ流されただけかもしれませんが、私は夫が私を助けにきてくれたと思いたいのです」

私は遺された人々の心の奥底を垣間見たような気がした。

消防団員からすれば、幹部の佐々木さんは市民を助けるために水門を閉めようとして命を落としたと思いたい。だが、奥さんは、佐々木さんは妻である自分を守ろうとして帰宅途中に津波に巻き込まれたと受け止めたい。

きっと遺された者は、それぞれの物語を抱えて生きていくことしかできないのだろう。だからこそ、消防団員は消防団員の物語の中で生き、妻は妻の物語の中で生きているのではないか。

私は言った。

「先日行われたご葬儀の際には、消防団や市の関係者が大勢集まったようですね。そこで、水門の話が出ることはなかったのですか」

奥さんは何かを言おうと口を開けたが、すぐに閉じた。そしてしばらく考えてからこう答えた。

「夫のためにあれだけの方々が集まってくださるのは光栄でした。夫も喜んでいると思います。夫の人望も尊敬します」

水門についての答えは返ってこなかった。

居間の床にすわって一時間ほど話を聞いて、切り上げることにした。帰る前、私は線香を上げさせてもらえないだろうかと頼んだ。奥さんは「ありがとうございます」と、隣の部屋へ通してくれた。

部屋の隅には立派な仏壇があり、白い骨壺が置いてあった。両脇には佐々木さんの遺体とともに発見された遺品である腕時計や財布などが並べられていた。泥をかぶっていたらしく、かすかにヘドロの臭いが鼻をついたが、奥さんにとっては宝物であるはずだ。

私は線香に火をつけて手を合わせた。祈り終えて目を開けると、仏壇に船の写真が飾られているのに気がついた。海に浮いている立派な船の写真だ。これは何かと尋ねてみたところ、奥さんは恥ずかしそうに答えた。

「夫は海が好きで、船を所有していたのです。船に自分の名前を冠して本当に気に入っていました。津波で夫は死んでしまいましたが、船は奇跡的に無事でした。船は夫の大きな形見です。それで私は船の名前を変えないことを条件に、地元の方に無償で提供して乗ってもらうことにしました。この船が海にある限り、夫がまだどこかで生きているような気がするんです」

私はその言葉を聞き、つよくうなずいた。


それから半年が経ち、十一月になった。年末が近づくにつれ、テレビや新聞といったメディアで震災について取り上げられることは少なくなり、人々の間でも震災が話題にのぼることが減った。わずか八カ月で震災は人の記憶から薄らぎはじめていたのである。

私も、十月に震災の時に設置された遺体安置所を舞台にしたルポ『遺体』を上梓《じょうし》した後は、年明けに出さなければならない別の著作のまとめの作業に追われていた。まったく異なるテーマの本だったこともあり、私の中でも徐々に震災の記憶は遠ざかりつつあった。

そんなある日、インターネットでニュースを見ていたところ、震災関連の記事に目が留まった。東北のある県庁所在地で消防殉職者の慰霊祭が開かれたというニュースで、そこに「佐々木」という名前があるのを見つけたのだ。もしかしたら、と思って読んでみると、そこに書かれていたのはやはり私の知っている佐々木さんだった。

記事によれば、慰霊祭で佐々木さんの奥さんが遺族代表の一人として壇上に立ち、挨拶をしたと書かれていた。佐々木さんが消防団の幹部だったこともあり、依頼されたにちがいない。奥さんは大勢の遺族の前で、町を救うために死んだ夫のことを誇りに思うと語ったという。

私はそのニュース記事を読み終え、複雑な気持ちになった。佐々木さんの奥さんは、夫は自分のために死んだのだと考えたい、とはっきり言っていた。そうすることで夫の死を受け入れようとしていった。

だが、消防団の人々は佐々木さんが町の人を救うために水門を閉めに出かけて死んだと考えたがっていた。もしかしたら奥さんはそうした人たちの胸中を慮《おもんぱか》ったのかもしれない。だから自分のために死んだのだと言うのではなく、夫が町のために死んだことを誇りに思うと語ったのではないか。

会場にいた消防団員や殉職者の遺族はその言葉に胸を打たれて同じく誇りに思った

はずだ。だが、自らの思いを殺して壇上に立ち、大勢の人々の前でそれを言った佐々木さんの奥さんは何を思っていたのだろうか。

私は佐々木さんの奥さんに連絡を取ろうかどうか迷った。でも、一度会っただけだったし、あれから彼女が考えを変えて、水門の話を信じるようになっていたとしても不思議ではない。私ごときがしゃしゃり出て、何かを言える立場でもなかった。

私はパソコンから離れて、熱いお茶を飲んだ。脳裏に、佐々木さんが遺した船のことが思い出された。佐々木さんが自分の名をつけて大切にしていたという船。今頃、別の人のものとなったあの船は、三陸の冷たい潮風に吹かれて大海を裂いているのだろうか。

夫として

東日本大震災から二カ月が経《た》った五月の夜、私は岩手県遠野《とおの》市のホテルの一室にいた。釜石《かまいし》市を中心に取材を進めていたものの、市内のホテルが閉まっていたため、隣の遠野市に拠点を置いていたのである。部屋は暖房があまりきかず、肌寒かった。

午後の九時過ぎ、ベッドに置いていた携帯電話が鳴りだした。出てみると、出版社の女性編集者だった。ある雑誌に震災についての記事を寄稿してほしいという依頼だった。彼女は仕事の話を済ませると、一瞬黙ってからこう言った。

「先日、石井さん、ツイッターである被災者のブログを紹介していましたよね。私、あのブログ読みました。とても悲しかったたし、書いている方の素直な気持ちに感銘を受けました」

私は「名取市閖上《ゆりあげ》復興支援のブログ」だろうと思った。震災の取材を開始して間もなく、インターネット経由で仙台市在住の荒川さんという二十九歳の被災者から連絡をもらい、紹介したことがあったのだ。彼女はつづけた。

「ちょっと前に、あのブロガーの方の同級生が持ち回りで被災した体験を書いていましたよね。私、その中に一つだけ気になる記事があって」

荒川さんは自分の体験ばかりでなく、他の人の体験も知ってもらいたいと思って、被災した同級生たちに体験を書いてもらい、それを自分のブログにあげていた。その記事のどれかだろう。

「何が気になったんですか」と私は訊いた。

「ある若い男性が、津波で亡くした奥さんに対する愛情を書き綴《つづ》っていましたよね。感動したんですけど、一方でなぜあそこまで奥さんに熱い思いを抱けたんだろうって思ったんです」

私もその男性の記事は読んでいた。震災当時、男性は仙台の仕事場にいて、妻は名取市の実家におり、妻だけが津波で命を落とした。男性は遺体安置所を回って遺体を見つけた後、妻を助けられなかった悔しさと愛情をブログに書き記していたのだ。

「夫婦って決してきれいごとだけじゃないと思うんです。お互いに不満だってあるだろうし、ケンカすることだってある。けど、あの文章を読んでいたら、あまりに奥さんのことを愛《いと》しいってずっと書いていて、どこかで納得できなかったんです」

「でも、亡くなった奥さんに不満を抱いていたとしても、それをブログに書く人はいないでしょう」

「いや、そういう意味じゃないんです。私、あの男性が亡くなった奥さんに対してあれだけきれいな言葉をかけられた背景には、何か理由があったんじゃないかって思っているんです。なんかずっとそれが気になっていて……」

私は次の週に仙台へ行き、たまたま荒川さんから同級生数名を紹介してもらうことになっていた。もし彼女のいう男性に会えるのだとしたら、そのことを訊いてみたかった。

翌週、私は東北新幹線に乗って岩手県の新花巻駅から宮城県の仙台駅へと移動した。事前に訊いたところによれば、ブログに書いていた例の同級生を紹介してくれるということだった。

仙台に到着した数日後、私は荒川さんに紹介されて、その男性に会いに名取市閖上地区に向かった。被災して瓦礫が散乱する中に、一軒だけ残っているコンビニエンスストアの駐車場が待ち合わせ場所だった。タクシーで向かったところ、彼はブルーの軽自動車に乗って待っていてくれた。名前は達也、百八十センチを優に超す長身で、今も荒川さんとはバスケットボールを一緒にしている仲だという。

私は達也さんの車に乗せてもらい、彼のお母さんが経営していた店や奥さんが波に呑まれた場所を案内してもらった。かつては漁港として栄えた町は津波に呑まれて壊滅していた。被災した寺から流された墓石の山、壊れた船の船首、ひっくり返った車、そんなものばかりが延々とつづく。

一時間ほど各所を回った後、私たちは近くのファミリーレストランに入り、そこでゆっくりと話を聞かせてもらうことになった。ソファーに腰かけて注文を済ませた後、私は震災の日のことから順を追って聞かせてほしいと頼んだ。彼はうなずいて語りはじめた。

「地震が起きた時、僕は会社で仕事をしている最中でした。激しい揺れで停電になったためいったん外へ出たんです。そこで携帯電話のワンセグ機能でニュースを見たら、津波警報が出ていることを知った」

「その時点ですでに避難勧告は出ていたんですか」

「たしか五、六メートルの波が襲ってくるので避難してくださいというアナウンスだったと思います。僕はそれで閖上にいるはずの妻や子供のことが心配になり、会社を離れて家へと向かったのです。助けなければという一心でした」

話によれば、会社から閖上までは車で二、三十分の距離だったそうだが、すでに国道は避難してくる車で大渋滞を起こしていた。達也さんはこれでは間に合わないと判断し、裏道をつかって閖上地区に入ると、真っ直ぐに家へと向かった。

前方から黒い壁のようなものが押し寄せてきたのは、すぐのことだった。初めは何なのかわからなかったが、目を凝らすとその黒い壁に家や車が次々と呑まれていくのが見えた。津波であることに気がつき、あわてて車をUターンさせて元来た道を引き返した。だが、内陸へ向かう道には避難しようとする車があふれており、まったく動かない。車を降りるかどうか迷っていたところ、高台にある仙台東部道路に立っていた老人が叫んだ。

「おーい、津波が来たぞ！　早くこっちに上がれ！」

車に留まっていたら波に呑まれる。達也さんは瞬時の判断で車を捨てて東部道路によじ登った。

なんとか道路に上がってふり返ると、黒い津波が渋滞の車の群れを一気に呑み込んでいくところだった。下にいた人たちは津波に足を取られ、引きずり込まれるように姿を消していく。瓦礫が次から次に覆いかぶさってくるので沈んだら二度と上がってこられないのだ。家のある方向を見ると、津波に何もかも流され、残っている民家を捜す方が困難な状態だった。

母親と再会したのは、翌十二日の夕方だった。達也さんは東部道路に避難して一命を取り留めた後、家族の安否を知るために市役所へ行った。そこで偶然親戚に会い、母親と娘たちが近くの中学校に避難していると聞いて駆けつけたのである。この時、達也さんは妻も母親と一緒にいるものだとばかり思い込んでいた。だが、母親は達也さんの顔を見た途端に涙目になって、妻は目の前で流されたのだと言った。

「ごめんね。あの子を助けられなくてごめんね。流されてしまってどうにもできなかったの」

母親の話によれば、大きな揺れが収まると、妻は津波の到来を察知して二歳と五歳の娘と母をつれて車で家を離れ、内陸側にある親戚の家へと向かった。道路は避難しようとする車で込み合っており、普段は五分ほどの道のりもなかなか先に進まない。ようやくのことで親戚の家に到着し、車を止めて道路を渡って家へ入ろうとした瞬間、津波が押し寄せてきた。一足先に道路を渡った母親と娘たちは家へ駆け上がって助かったが、道を渡り損ねた妻はそのまま流されてしまったらしい。

母親はそこまで話すと、再び助けてあげられなかったことを謝った。達也さんは母親の肩をさすって「まだ死んだって決まったわけじゃない。きっと生きているって」

と言った。それは自分を奮い立たせる言葉でもあった。母親は謝りつづけるだけだった。

それから数日間、達也さんは毎日避難所を回った。どこかで妻が生きているのではないかという希望を抱き、避難所を巡っては避難者名簿に妻の名前が記されていないか調べた。どこかで助け出されて避難所に運ばれていてほしいと願っていた。毎日出かける度に、幼稚園を卒園したばかりの長女には「お母さんを捜しに行ってくるからね」と言っていたし、娘も「うん」と答えて期待に満ちた表情をしていた。一日でも早く探し出してあげたかった。

だが、どの避難所を訪れても妻は見つからなかった。日が経つにつれて周囲の人たちがこう助言してくるようになった。

「最悪の場合を覚悟しておいた方がいい。つらいと思うけど、遺体安置所へも行ってみてはどうかな」

達也さんも頭ではそれをわかっていた。万が一のことは、どこかで念頭に置いておかなければならない。いざとなれば、自分が幼い子供たちをしっかりと支えなければならないのだから。

彼は助言に従って、遺体安置所「空港ボウル」へ足を踏み入れることにした。名取市では空港ボウルという廃業したボウリング場に遺体が安置されており、遺族はレーンの上に並べられた遺体を見て身元確認をしていたのだ。

達也さんは毎日運ばれてくる遺体の顔や遺品を恐る恐る確かめたが、妻の遺体を捜すというより、妻の遺体がないことを確かめるために来ているような気持ちだった。一通り見て回ってから、「よかった。妻の姿がない。まだ死んだわけじゃないんだ」と胸をなで下ろして帰った。

だが、三月十九日、ついに恐れていたことが現実となった。空港ボウルで、達也さんはこの朝に運ばれてきた遺体の中に妻の姿があるのを見つけたのだ。

流されている際に瓦礫にぶつかったのか、顔には大きな傷があり、胴体は傷を隠すようにタオルが巻かれていた。目を疑って何度も確認してみたが、顔はもちろん結婚指輪も携帯電話も妻のものに間違いない。達也さんは妻の遺体を前にして、これまで押し殺していた感情があふれ出るようにその場に泣き崩れた。

空港ボウルで遺体引き取りの手続きを行った後、達也さんは子供たちを預けていた親戚の家へ帰った。震災の日からこの家の二階に間借りしていたのである。達也さんは娘たちにどう妻の死をつたえるべきか、悩んだ。二歳の次女はまだわからないだろうが、四月から小学生になる長女はすべてを理解するはずだ。

夜になり、達也さんは母親と相談した上で、やはり今夜のうちに長女に打ち明けることにした。ただ、死んだという表現をつかうことは憚《はばか》られた。

夕食が終わってしばらくして、達也さんは長女を呼んだ。そして、できるだけやさしい声で言った。

——ずっとママを待ってただろ。でも、ごめんな。ママはお星様になっちゃったんだよ……。

長女はしばらく下を向いて黙っていた。母の死を理解したのだろうか。長女はそれきり何も言わぬまま、「もう寝る」とだけ言い残して立ち上がった。そして祖母に付き添われて二階へ上がっていった。

部屋に取り残された達也さんは、長女が母の死を理解したのかどうか不安だった。もしかしたら自分の言い方が間違っていてわかっていないのかもしれない。

少しして、二階の寝室にいた母親が達也さんを呼んだ。達也さんが二階へ上がっていくと、長女が布団にくるまって声を殺して咽《むせ》び泣いていた。達也さんは歩み寄った。すると長女は声を震わせながら言った。

——ママは死んじゃったの？　ママはもういないの？

星になったと言ったことで、長女はすべてを悟ったのだ。彼女は父の前で泣くのを我慢し、歯を食いしばって二階の寝室へ行ったが、布団に入った途端に感情を抑えきれなくなり、泣きだしたのだ。達也さんは娘の名前を呼び、力いっぱい抱きしめた。

達也さんはゆっくりと話を終えた。ファミリーレストランにはほとんど客がいなかった。窓からは夕陽が射し込んでおり、店員たちが五時以降の来客に備えて準備を進めている。達也さんの目が赤くなって潤んでいる。長女が母の死を知って涙をこぼした光景が目に浮かんだのだろう。

私は何か甘いものでも食べませんかと提案した。達也さんはうなずいてメニューを開くと、ウエイトレスを呼んでアイスクリームとクレープを盛り合わせたスイーツを頼んだ。ウエイトレスはものの三分と経たないうちに注文の品をお盆に載せて運んできた。

彼はそれを一口、二口とゆっくりと口に運んでいく。彼は黙って半分ほど食べてから、フォークを置いた。

「僕、これまでの結婚生活にとても後悔しているんです……震災があってから、なぜ妻をもっと思いやってあげられなかったのだろうとばかり考えてきました」

私は一週間前に女性編集者から言われた言葉を思い出した。やはり二人の間に何かあったのだろうか。

「どういうことですか」と私は尋ねた。

彼は皿の上のスイーツに目を落としたまま言った。

「妻とは離婚寸前までいったことがあるんです。同じ家に暮らしながら一年以上ほとんど口をきかなかった時期があったんです」

「差し障りなければ、どういうことか教えていただけませんか」

「僕は二十一歳の時に高校の同級生の紹介で妻と会いました。それから半年して交際することになり、二年後、二十三歳で結婚したのです。子供が生まれてから、僕と妻の気持ちは少しずつずれていくようになりました。大きな原因があったというより、お互いの小さなことが受け入れられなくなり、何度もぶつかっているうちに気持ちが離れていってしまったのです。そして、祖父の通夜であった些細なことをきっかけにして僕と妻は一切言葉を交わさなくなりました。生まれたばかりの娘がいたので、すぐに離婚することはできなかったのですが、しばらくは離婚することばかり考えていました」

男女が一緒に暮らせば、かならず不満は生まれる。若かった二人はお互いを傷つけ合ったのだ。達也さんはつづけた。

「僕は本当に妻に冷たく当たりました。妻がつくった食事をわざと食べなかったり、些細なことにケチをつけたり、いじわるなことを言って困らせてみたり……一年もそうしていたんです」

「なぜその関係が修復されたんですか」

「震災の半年前の九月、僕が腰を悪くして動けなくなったことがあったんです。自力で歩くことが難しくなり、何をするにも人の手を借りなければならなくなりました。それで、妻が僕を献身的に介護してくれたのです。これまで僕が冷たく接してきたことを許したかのように何から何まで力を貸してくれました。妻はずっと、やり直したいと願っていたにちがいありません。それで、僕ももう一度妻とうまくやっていこうと考え直したのです。震災が起きた三月十一日は、妻との関係がようやく元通りになりつつあり、長女も小学校に上がることから、今後どのような家庭を築いていくかを考えていた矢先でした」

「にもかかわらず、津波が襲いかかってきた。それで悔やんでも悔やみきれない事態になった」

「はい。ただ、後悔はそれだけではありません。実は、妻は僕の大切なものを守るために死んだとも言えるのです。よろしければ、妻から届いた最後のメールを読んでいただけますか。津波が町を襲う寸前に、僕に宛てて送信したメールなのです」

達也さんはそう言って携帯電話を開いて見せた。奥さんからの絵文字入りのメールだった。そこには次のように書かれていた。

家めちゃめちゃだよ。とりあえず今から避難します！　避難先決まったらメールするね！　たっつ（注・達也）のパソコン持ってきたよ！

達也さんは携帯電話を開いたまま言った。

「パソコンというのは、マックブックのことです。僕がちょっと前に買ってとても大切にしていたのです。彼女はそれを知っていたので、地震でぐちゃぐちゃになった家の中からマックブックを探し出し、津波に流されないように車につんでから逃げたのです。だけど、彼女はわずか数秒の遅れで波に呑まれてしまいました。もしマックブックを探していなければ助かっていたはずです」

奥さんは仲直りしたばかりの達也さんのことを何よりも優先していたのだろう。だから津波が迫ってきているのにもかかわらず、買ったばかりの彼のパソコンを探し出して運ぼうとしたのだ。

達也さんは唾を飲んでつづけた。

「あとからこれを知った時、僕は一年もの間妻に対して冷たく当たっていた自分を恥じました。どうしてもっと妻を大切にすることができなかったのか。妻はあれだけ僕のことを想ってくれていたのに、僕は何一つそれに報いてあげることができなかった。そしてそのチャンスを永遠に失ってしまったのです。せめて津波が襲いかかってきた時、傍にいてあげたかった……」

皿の上でアイスクリームが溶けていた。私はブログに達也さんが書き綴った言葉がどのようにして生まれたかがわかったような気がした。おそらく達也さんの抱く後悔の気持ちがあれを書かせたのだ。

私は尋ねた。

「達也さんは、ブログに奥さんを亡くした時のことを詳しく書いていますよね。あれは何のためだったのでしょうか」

彼は顔を上げて答えた。

「理由は二つあります。一つは、二人の娘が大きくなった時にあれを読んで、二〇一一年の震災の日に何があって僕がどういう気持ちで妻を送ったかを知ってもらいたかったからです。もう一つは、僕の妻に対する思いを僕の頭の中だけでなく、メッセージという形でどこかに残したかった。それでブログに書かないかと言われた際に承諾したのです」

「書いて良かったと思いますか」

「今はそう思っています。たぶん、この先もそう思うはずです」

力強い返事だった。

私には達也さんがこの後の人生をどう生きていくのかわからない。だが、たとえ別の女性と家庭を持つことになろうとも、ブログに書いた奥さんへの思いが消えることはないだろう。なぜならば、彼にとって亡き妻への思いこそ、この先二人の娘を抱えて生きていくための力となるはずだからだ。

達也さんは水を飲んでから、立ち上がった。

「すみません、ちょっとお手洗いへ行ってきますね」

彼は奥のお手洗いへと歩いていった。テーブルの上には食べかけのスイーツが載ったままだ。

私は、達也さんがブログに書いた奥さんへのメッセージをもう一度読みたくなった。話を聞いた後に読めば、前に読んだのとは異なる感想を持つはずだ。

携帯電話を取り出し、ブログを検索して開いた。奥さんへ呼びかける形ではじまる文章が液晶画面に映し出された。私は達也さんがトイレからもどってくるまで、ゆっくりとそれを読み返すことにした。

『いーちゃんへ』

こんなに早くいーちゃんがいなくなるなんて思いもしなかった。

これから先も子供たちと一緒にずっと毎日笑って生活できるって思ってた。

いーちゃんは俺が機嫌悪い時でもいつも明るくて常に優しく接してくれたね。

その優しさと明るさで俺がどれだけ救われたか、支えられてたかっていうのが今になってすごく分かったよ。

俺はそれを当たり前のようにしか感じず、いーちゃんに何もしてあげることができなかった。

今さら後悔しても遅いけど、こうなるんだったらもっと幸せにしてあげたかった。

もっといっぱい愛してあげたかった。

正直まだいーちゃんがいなくなったって実感がないや。

またどこからかひょっこり出て来て、いつもの笑顔でまた一緒に生活できるんじゃないかなって今も思うからね。

それくらい、毎日が優しさと幸せに満ち溢れていたよ。

地震が来た時、津波が来た時、1番怖くて辛い時に側にいてやれなくて本当にごめんね。

あの時俺も一緒だったらいーちゃんは命を落とすことはなかった。

結婚した時、『何がなんでも絶対守る』って約束したのに俺はそれを守れなかった。

本当に本当にごめんね。

いーちゃん、君に出会ってから今まで毎日が本当に幸せでした。

結婚して6年という短い時間の中でも、いーちゃんと共に人生を歩めて本当に良かったと思うし、本当にいーちゃんと家族になれて良かったよ。

俺と結婚してくれて本当にありがと。

そして子供たちを産んでくれて本当にありがと。

いーちゃんが頑張って子供たちを産んで、俺が会社行ってる時にちゃんと子育てしてくれたおかげで、ひかりや響も優しさを持ち、明るく元気に育ったんだよ。

地震が起こって津波が来た時、自分の命を顧みず先にひかりや響を避難させてくれたおかげで、子供たちは無事だったんだよ。

子供たちを守ってくれて本当にありがと。

これからは俺がいーちゃんの分まで、子供たちを愛し守り続けるからね。

いーちゃんはひかりの入学式を本当に楽しみにしてたね。

俺が夜遅くに帰っても、楽しそうに入学の準備をしていた姿は今でも目に焼き付いてるよ。

その姿を見て、俺は本当にこの人と結婚して良かったって思ったし、それを見てこれから先もっと幸せにしてあげたいって思った。

これから先ひかりや響の事が心配で心配で仕方がないと思うけど、何一つ心配しなくていいからね。

子供たちが優しくて立派な大人になれるように俺がちゃんと育てるからさ。

だから、安心して天国から見守ってて下さい。

子供たちにとってはもちろん、いーちゃんにとってもカッコいいパパ・夫であり続けられるように頑張るからさ。

・・・そして自分の使命を果たし人生を終えた時、今度はまたいーちゃんに会いに行くよ。

それまでの少しの間、一緒に笑ったり一緒に生活できなくて寂しい思いさせちゃうけど、俺がそっちに行ったら寂しい思いをさせた分、その何倍も絶対幸せにするから少しだけ待っててね。

最後に・・・

いーちゃん、さよならは言わないよ。

また会えるって信じてるし、何よりこのままさよならって言って別れるっていうのは嫌なんだ。それに俺自身これから先もずっと一緒にいたいって思うから。

だから俺がそっちに行った時、またいっぱい笑っていっぱい楽しんで、また結婚しような。

いーちゃん、今もこれから先も俺はいーちゃんを愛し続ける。

一緒になるのはまだもう少し先になっちゃうけど、俺が迎えに行くまで、いーちゃんも体壊さないようにゆっくり休んでね。

またね。

達也

よっぺのブログを読んで下さってるみなさんへ

家族を含め今愛する人がいるなら、変なプライドや恥ずかしさに捕らわれず、その人達にできる限りの愛を持って接してあげて下さい。

そして同じように友達や知り合いの方達を大切にして下さい。

みなさんには俺みたいに後悔してほしくありません。今回の震災に限った事ではありませんが、普段当たり前の事を当たり前のように考え、ある日その人が突然いなくなってしまった時、俺みたいに後悔しか残らないと思います。

どんなに仕事や他の事で忙しくても、家族や友達を最優先に考え、そういった自分が愛する人達と少しでも楽しく幸せな時間を過ごしていただけたらなって思います。

あとがき

人の人生は、結晶のような小さな体験のつみ重ねだ。

人生そのものは一冊の物語になり得るが、一つひとつの体験はかならずしも壮大な物語になるとは限らない。酒場での思い出話にしかならない体験や、詩でしか表現できない体験、あるいはつぶやきにしかならない体験もある。

私の人生についても同じことがいえる。

幼い頃の家族の記憶、知人からささやかれた言葉、記事にすることができなかった体験……それらはごく短な言葉でしか語り得ない小さな物語だ。だが、どれも私の人生を彩るのになくてはならない大切なものだ。

こうした結晶のような物語をつみ重ねることで、氷彫刻のような本をつくってみたい。

私はそんな思いで、記憶の底からいくつかの体験を選び出し、物語を編んでいった。

あるものは随筆として、あるものは私小説として、またあるものは記録として文章を綴《つづ》っていった。そうして出来上がったのが、本書である。

今、こうして一冊の本として形にしてみると、改めて私の人生は無数の人との出会いによって作り上げられているのだと考えさせられる。

かつて出会った人々の中には、すでに逝ってしまった人もいれば、音信不通になった人もいる。過ぎ去った日々を思い出すたびに、懐かしさで胸がしめつけられるような気がした。

きっと、その胸の苦しさそのものが人生なのだろう。

この作品は2013年8月徳間書店より刊行された『東京千夜』を改題したものです。

徳間文庫

絶望《ぜつぼう》の底《そこ》で夢《ゆめ》を見《み》る

2018年4月15日　初刷

著者　石《いし》井《い》光《こう》太《た》

発行者　平野健一

発行所　株式会社　徳間書店

東京都品川区上大崎三—一—一　〒141—8202
目黒セントラルスクエア

電話　編集〇三(五四〇三)四三四九
販売〇四八(四五一)五九六〇

振替　〇〇一四〇—〇—四四三九二

印刷　本郷印刷株式会社

製本　東京美術紙工協業組合

ISBN978-4-19-894326-4　(乱丁、落丁本はお取りかえいたします)